問題兒童[illegible]來自異世界？

擊出！比星光更快！

Tatsunokotarou
竜ノ湖太郎
illustration
天之有

Kadokawa Fantastic Novels

擊出！
比星光更快！
問題兒童都來自異世界？
contents

幕間2
093
第三章
100
第四章
140
第五章
153
第六章
166
後記
203

幕間1

在被召喚出的倫敦市角落，三頭龍坐在地上捲曲起身體。雖然整個城市被鵬魔王施展的金翅之焰燒得一乾二淨，但這裡是藉由「主辦者權限」製造出的虛構區域。城市本身就是破解遊戲的提示，因此能夠自動修復。即使多次遭到破壞，也只要經過一段時間就能恢復原狀吧。

歐洲特有的石造街道和建築物都很冰冷，不斷從白色的皮膚上奪走體溫。

雖然對爬蟲類是嚴苛的氣候和環境，然而對於擁有熔岩般澎湃血流的三頭龍來說，反而可以算得上是舒適。

「…………」

三顆頭互相纏繞的三頭龍重新擺好姿勢，享受安逸睡眠。

這是題外話——即使阿吉·達卡哈的外觀類似龍種，但靈格卻比較接近神靈和惡魔那些超自然存在。所以他原本並不具備所謂的睡眠需求，雖然會為了消耗時間而進行睡眠，但不需要用來滿足生理需求的睡眠。

因此三頭龍現在睡眠的理由主要是基於前者。

像這類會召喚特殊遊戲盤面的「主辦者權限」必須到破解遊戲後才夠離開場地，所以三頭龍認為在時機到來前先睡一覺會比較有建設性。

「…………」

他再度讓三顆頭互相纏繞，並反芻遊戲內容。

身為天生魔王的三頭龍並不喜歡花費長時間建構遊戲內容。所謂魔王就該靠著自身的絕大力量，宛如風暴般戰鬥並蹂躪一切，這樣才稱得上是散發出王者威嚴的存在。以力量來制服強韌的鬥士，靠著更加毒辣的智謀來看穿狡猾的計策，還能以更廣大的地獄來吞沒已經蔓延世界的地獄。能做到這樣才叫作魔王。

然而這次的遊戲表現出的風格略有不同。

這次的遊戲在製作時，似乎反過來利用了阿吉・達卡哈主張的「魔王該當如此」態度。一旦搶先出手，必定會受到懲罰。雖然不知道是哪裡的詩人吟誦出的產物，不過狡猾的是確實分析得很好。要是隨便行動，只會稱了主辦者方的意。阿吉・達卡哈扭著三顆腦袋，分別看向三張「契約文件」。

幕間1

「——恩賜遊戲名：『Jack the monster』——

參加資格：

・對象是曾經傷害或殺死幼兒，或是曾對幼兒行惡事者。

勝利條件：

其一：打倒主辦者『Pumpkin The Crown』。

其二：闡明歷史，解開『Jack』之謎。

敗北條件：

其一：參賽者被遊戲領袖殺死即為敗北。

其二：每當遊戲領袖被揭穿身分時都會失去力量，最後敗北。

宣誓：僅限於在執行對象為符合參加條件者的情況下，保證這場考驗的正當性。

『聖彼得』印」

「——恩賜遊戲名『GREEK MYTHS of GRIFFIN』——

參加資格：

・對象為侵略者（侵略者的定義以契約書的製作條例為準）。

勝利條件：

其一：打倒主辦者方的「寶物守護者」。

其二：查明寶物所在地，展示自身的勇氣。

敗北條件：

其一：破壞寶物（主辦者方故意破壞的情況視為參加者方的勝利）。

其二：參加者方全滅，無法繼續戰鬥的情況。

※懲罰條例：

其一：禁止參加者方在『寶物所在地』外對主辦者方主動挑起戰鬥。

幕間1

其二：當參加者方違反規則時，主辦者方可以任選一個恩賜封印。
其三：參加者方違反規則三次後，將被無限期拘押。
其四：這些懲罰條例在勝利條件被達成時將解除。

勝利報酬：
其一：參加者可以向主辦者方要求任意的報酬（要求不可以超過靈格的上限）。
其二：主辦者可以把參加者方視為侵略者並求處刑罰。

宣誓：僅限於在執行對象為符合參加條件者的情況下，保證這場考驗的正當性。
希臘神群臨時代表『Kerykeion』印」

「——恩賜遊戲名『GROUND COVER on the MOON SEA』——

我有二十八名生性害羞的兄弟。
他們只會在夜幕低垂時現出身影。
面貌相同的兄弟們彼此厭惡，張牙舞爪，口吐詛咒。
激烈爭執撼動海面，在黎明時如露水般消逝。

二人消失後吞吃沙子。
四人消失後啖食石頭。
六人消失後嚥下岩塊。
八人消失後掩埋土壤。
十人消失後森林枯萎。
十二人消失後掩蓋山河。
當十四人消失時，天地間只剩下我們。

悲嘆天地一體的我打開天岩戶，邀來新的兄弟。

幕間1

邀來二人後創造山河。
邀來四人後森林茂盛。
邀來六人後讓出土地。
邀來八人後堆疊岩塊。
邀來十人後積聚石頭。
邀來十二人後使沙流動。
邀來十四人時，我的兄弟罵出新的詛咒，彼此相爭。

天地必須真正分開，否則新的黎明不會到來。
貫穿無貌的我們，打碎輪迴的螺旋。

『覆海大聖（翻覆大海之人）』印」

這次是同時使用「主辦者權限」的三重遊戲。
而其中之一——由莎拉．特爾多雷克舉辦的遊戲是以希臘神群賜予獅鷲獸的恩惠為基調，並限制了阿吉．達卡哈的行動。
擁有獸王「獅子」與王鳥「大鷲」雙方因子的獅鷲獸被賦予的使命，包括為希臘神群之主神——宙斯拖曳戰車以及守護黃金等等，算起來其實符合「神獸」等級。
在人類的編年史中也經常被用作國旗或家族紋章的主題，其神性應該能凌駕一般的神靈。然而在箱庭裡卻因為繁殖而造成數量增加，神性也因此分散。以現狀來說，個體的力量頂多只能到達幻獸的中級。
為了把這些神性都聚集到單一個體上而製造出的東西，就是獅鷲獸的龍角。
無論東方還是西方，擁有角的動物都會被視為神聖，也會被當成有力量者的象徵。所以德拉科．格萊夫獲得的鷲龍角之真正意義，其實是能夠提昇希臘神群賜予的神格以及個體神性的恩賜。湊齊兩根角的獅鷲獸能夠發揮出強大到足以伴隨宙斯神雷的靈格，要發動「主辦者權限」想必也是輕而易舉的事情。
（如果是以宙斯的恩惠為基礎來構成遊戲，那麼在獅鷲獸的傳承中最有名的是——拖曳戰車，或是守護黃金。考量到勝利條件裡提及的「寶物」這關鍵字，推測是後者應該較為適切。）
勝利條件中的寶物大概是指黃金。那麼侵略者又是指什麼呢？既然已經湊到這麼多線索，答案自然呼之欲出。

講到在希臘神群中對獅鷲獸的黃金意圖不軌的犯人，大部分是指巨人族。

若把西歐神話拿來和人類歷史互相對照，巨人族通常是指蠻族或來自異國的侵略者。因此這遊戲是把原本針對巨人族建構的遊戲進行重製並擴大解釋而成。

（聽說有個叫伊索的男性詩人隸屬於希臘神群，這種程度的重製想必不是難事。）

既然對遊戲的解析已經進行到這種地步，答案就很簡單。

假設寶物＝黃金，那麼該獲得的寶物只有一個。

（職掌黃金和星之境界的魔王——女王「萬聖節女王」。推論寶物的正確答案就是那傢伙的旗幟，應該是妥當的方向。）

接下來就簡單了。

至於寶物的隱藏地點，是敵人的大本營，空中堡壘。

主辦者很大膽地讓黃金旗幟隨風飄揚，那麼以魔王身分威風堂堂地闖入敵陣，粉碎對方傲慢才是正道吧。

然而阿吉·達卡哈只是重新捲曲起身體，瞇起紅玉般的眼眸。

（既然對方已經重製過遊戲，應該不會粗心留下對巨人族用的內容。該視為誤導呢？還是背後有什麼無法變更的隱情？就算這遊戲的目的大概只是用來拖延我的行動，但還是太隨便了。）

這樣判斷的根據並不是只有直覺。

德拉科・格萊夫也參加了兩百年前對抗阿吉・達卡哈的戰爭。然而那時牠只擁有一根角，也沒有表現出試圖發動「主辦者權限」的態度。

（如果這和策略陷阱無關，那麼有兩點必須深入考察。）

第一，獅鷲獸的角除非能湊齊兩根，否則無法發揮原本的力量。而其中一根有可能已經失去。

第二，儘管如此，事實上獅鷲獸的遊戲現在卻已經成功舉辦。

（這樣一來，那麼或許該判斷這遊戲的後盾並非宙斯，而是其他勢力……也就是蓋下舉辦印記的「Kerykeion」才是遊戲的真正關鍵。）

——希臘神群的臨時代表「Kerykeion」。這是由被稱為奧林匹斯十二主神的希臘神群之一，商業神赫爾墨斯治理的共同體。

赫爾墨斯也是串連起各城市的信使之神。他往來於世界上的各個城鎮，是從古代到近代都以多種形式在人類歷史上留下痕跡的神靈之一。

至於讓旗幟從西歐到被稱為極東的土地上都能存在的「Kerykeion」則成為巨大到在希臘神群中也會被視為要職的共同體。

而且最重要的一點，是「Kerykeion」旗幟的造型。

根據留下的傳承，那是一把纏繞著蛇的「黃金神杖」。

（名為神杖「Kerykeion」的後盾，獅鷲獸的傳承，勝利條件中的「寶物」，還有舞台是

一八九〇年前後的倫敦。綜合這些條件後，可以得出一些情報。）

即使會受到懲罰，但這場遊戲允許兩次錯誤。

那麼來走一步……不，進逼兩步吧。

如此決定的三頭龍刺破手指前端，滴下血液召喚自己的眷屬。

下一秒，以磚石鋪成的道路突然開始像生物那樣傳出脈動。

「我需要情報，去城市中探查。要是出現阻礙，殺掉對方也無妨。」

磚石傳出怦咚顫動，這大概就是回應吧。

依然沒有顯露出身影的眷屬踏響磚石鋪成的道路離去。等這次漫步結束後就沒有必要繼續悠哉備戰，只要等做好闖入敵陣的準備即可立刻行動。

打算在那之前再享受一下安逸睡眠的三頭龍正要閉上眼睛——卻聽到尖銳的腳步聲。

「……！」

他緩緩抬起三顆腦袋其中之一。

於是冷清道路的另一端傳來兩人份的噠噠腳步聲。三頭龍原本以為是主辦者方發起行動，但如果是那樣，未免太快也太大意。

無法確定狀況的左側頭部不解地歪向一邊。

腳步聲的主人一出現，立刻以開朗的聲音說道：

「啊！找到了，大爺！您看那裡！在那裡捲曲著身體的就是了！」

「我看也知道。妳鎮定一點，卡拉，現在可是來到閣下的面前。」

身穿女僕服還擁有美麗金髮的開朗女性甩著彷彿會散發出甜美香氣的頭髮，以像是在哼歌的態度指向三頭龍。

宛如草莓般紅潤的嘴唇更加襯托出端整的外貌和惹人憐愛的氣質，然而她的腰間卻佩掛著一把和外表以及女僕服都很不相稱的巨劍。巨劍的長度和她的身高差不多相等，憑女性的纖細手臂，光是要揮動恐怕都有困難。

然而這個金髮女僕——被稱為卡拉的女性卻毫不在意巨劍的重量，還踩著輕快的步伐。這怪力非比尋常，她肯定不是人類。

三頭龍瞇起眼睛仔細觀察，發現她端整的嘴角露出了反射光芒的尖牙。

（……是純血的吸血鬼嗎？）

以「箱庭騎士」聞名天下的純血吸血鬼。

他們是在反烏托邦戰爭之前就因為共同體內亂而毀滅的一族。原本是秩序的守護者，然而在內亂造成人數劇烈減少之後，坊間傳言剩下成員已經躲進避世之地隱居，鮮少在人前出現。

雖然昨天的戰鬥中也有看到一隻，但眼前這個給人的感覺卻不同。

和美麗外表與開朗舉止相反，她的眼裡閃爍著陰沉的魔性光芒。這眼神與其說是騎士，反而更類似魔女。這女性的本質想必屬於那類邪惡之徒。比起騎士，她的氣質更接近人類想像出的吸血鬼形象。

幕間1

然而三頭龍警戒的對象並不是美麗的吸血鬼，而是另一名男性。

「──────」

三對紅玉般的眼眸詫異地瞇起。

被稱為「大爺」的這個男子，擁有實在難以形容的風貌。

他身上穿著看不出是「來自哪裡」，「算是哪種」，又是「為了什麼」的服裝。

所以無論是出處、製法、還是目的，都讓人無法藉外貌判斷。這並不是黑帝斯頭盔那類能消除身影的恩賜，眼前這男子是他自身的存在已經盡可能變得稀薄不顯眼。

擁有謎一般外貌的男子略為點頭致意後，接著以像是對熟人說話的語氣開口打招呼：

「久違了，閣下。看您依然健壯如昔，真是讓人欣喜。」

「……這聲音……你是Grimm的詩人嗎？」

「正是。我在『幻想魔道書群（Grimm Grimoire）』崩壞時失去靈格，所以，正如您所見。」

「胡說八道，完全失去靈格的『無形者（No Former）』怎麼可能還活著。」

「也不能那樣說，凡事總有例外或後門可走。目前我是以行樂家（Storyteller）的身分受僱於人──嗯，與其講這些，你那邊的狀況更重要。看起來你很悠哉地在掌控遊戲嘛？如果是以前的閣下，就算明知是陷阱，應該也早就已經闖入敵陣，把陷阱連同主辦者一起毀滅。」

謎一般外貌的男子似乎很不以為然地搖著頭──被稱為「幻想（Grimm）」的他毫無防備地靠近三頭龍後，瞇起眼睛擺出像是在批判的態度。

「閣下不是睡了短短兩百年就會變消極的人物，想必是有什麼考量。我不會妨礙你，透露點消息給老相識知道吧。」

「………」

咻！響起空氣被劃破的聲音。

隨後，倫敦市內立刻吹起一陣強烈的疾風。仔細一看原來是三頭龍展開一邊翅膀，宛如利刃地斬斷了男子的腦袋。

然而名為幻想的男子只是身子晃動彷彿出現雜訊，但頭部和身體依舊若無其事地相連。

他聳聳肩，露出蛇般纏人的笑容開口說道：

「沒用的，閣下。這種騙小孩的招數無法殺死現在的我。如果用閣下擁有的『阿維斯陀（Avestā）』或許還有萬一的機會……要試試看嗎？」

「………」

名為幻想的男子帶著奸笑挑釁。然而三頭龍並沒有理會他，只是重新捲曲身體準備再睡起回籠覺。看來是被麻煩的傢伙給纏上了。

三頭龍隨便甩甩尾巴，不帶感情地開口：

「滾吧，Grimm 的詩人。我今天提不起勁。」

「真冷淡啊，怎麼可以隨便對待熱心的支持者呢？如果在解謎上遇到什麼棘手狀況，我可以幫忙喔。」

「不需要，謎題已經大致解開了。」

……哦？名為幻想的男子扭著嘴角笑了，那笑容看起來宛如盯上獵物的蛇。

即使長相讓人無法確定，依舊無法隱藏男子身上散發出的魔性。這並不是惡魔所擁有的魔性，也不是魔王那種充滿威脅感的魔性。

在人世以不道德為尊。

在地獄戲耍悲嘆。

在戰場握起死神的手，來到斷崖絕壁上愉悅共舞。

明明這男子身上充滿足以形容為「醜惡」的惡意，但他的笑容卻散發出讓人幾乎無法移開視線的某種魅力。

「是嗎？不愧是閣下，身為支持者的我也總算能放心。那麼我會和女僕把握難得機會一起袖手旁觀，閣下就好好享受和同類的戰鬥吧。」

「……你說『同類』？」

出乎意料的發言讓三頭龍也跟著重複了一次。即使他很清楚再怎麼樣也不該正面回應這種傢伙，依舊忍不住開口反問。

這男子提到的「同類」並不是指魔王的資格，而是以存在於三頭龍根源的本質為基準。

彷彿很享受三頭龍反應的幻想男性忍著笑意回答：

「是啊，沒錯。在這次的三重遊戲中，只有一人和閣下是同類，和背負『惡』之旗幟的魔王阿吉・達卡哈扛起同樣考驗的人。」

「…………」

「面對自身鏡像時，你會出現何種反應呢？會發揮何等威猛呢？……我實在非常期待那瞬間。期待以『人類最終考驗（Last Embryo）』立場在漫長歲月中持續戰鬥的魔王到底會對同類做出什麼樣的判決。」

幻想露出惹人厭惡的笑容。

那笑容散發出一種詭異感，彷彿他已經預知到戰爭的結局。

「在這場戰鬥的最後，若有人真能討伐閣下，大概就是那個男人，或是孔明的女兒……也有可能是最被看好的熱門人選，金絲雀的棋子會獲勝。卡拉妳認為呢？」

「這個嘛……提個大黑馬，代表『Ouroboros』的殿下如何？」

「不可能，那孩子要挑戰閣下還早了十年，關鍵的英勇（Brave）根本不夠。」

幻想立刻否定。

的確是這樣……語畢，兩人同時大笑並轉身背對三頭龍。

「算了，我想講的話就只有這些。上層似乎已經立起白旗束手無策。因此無論是輸是贏，這次都是閣下的最後一場遊戲。我只是來提醒這點而已——所以啊，可別留下遺憾。因為對我來說，只有您是世界上唯一的魔王。」

被稱為幻想的男子和吸血鬼拋下這句話後，身影就如同雲霧般消失。

幕間1

只剩一陣乾風掃過無人的倫敦街頭。

三頭龍瞇起六隻紅玉般的眼眸，抬起三顆頭仰望天空。

「……這樣啊，這是我的最後一戰嗎？」

紅玉之眼裡映出遙遠的過去。

「人類最終考驗」——獲得這種稱呼之前，阿吉・達卡哈並不是外表如現今般怪異的神靈。

「拜火教」記載的阿吉・達卡哈的傳說和訓誡都單純得讓人驚訝。

某個國王被自己內心的欲望、憎恨，以及惡意所囚禁，最後變成醜惡的龍型妖怪，成為毀滅世界的存在——就是這種連幼兒都能看懂的故事。

這訓誡顯示出掌權者一旦受到人類惡性所惑，有可能會落入的末路之一。

人類的罪業沒有上限，連惡魔也無法與這種凶惡相媲美。更不用說要是掌權者的惡業無止無盡地膨脹，就能輕易毀滅一個國家、一支民族、一顆星球。

而規勸這罪業的力量越強，阿吉・達卡哈這魔王就會更加醜惡。

人類皮膚上長出鱗片，指甲化作利爪，顎骨擴張到甚至能吞沒大地，頭骨分割為三，各自變幻為凶惡的龍型。

現在的三頭龍，已經完全失去過去身為人類時的模樣。

醜惡到連強韌的戰士都會不由得作嘔。

汙穢到連清廉的修道女性都會忍不住慘叫。

受到詛咒和辱罵的次數早就超過繁星之數，每一次都會提昇他的怪物性。

這種扭曲的外貌想必很符合眾人想像的「惡神」之名。

——「願汝務必以惡自居」。

換句話說，這是在勸善懲惡。

該打倒的敵人不需要任何正義。希望邪惡能保持醜陋汙穢的這份願望，正是三頭龍這外型的根本。而他的確也按照大眾的期望，持續發揮出十足的狂暴威脅。

戰鬥，再戰鬥，不斷戰鬥。

三頭龍等待傳說內記載的「未來總有一天會出現的英傑」，持續戰鬥了數千年。雖然途中也出現過甚至能封印他的強者，但終究沒能遇見能夠打倒自身的英傑。

就這樣，他重複著不知何時才能終結的鬥爭。當三頭龍想到原本以為會永遠持續的日子總算即將結束的那剎那——紅玉之眼裡浮現出一名女性的身影。

「…………」

他抬起六隻眼睛望向星空。

仔細回想，那女性的眼淚正是一切的開端。

她的出生和「拜火教」沒有關係，而是作為擔負另一半世界的存在而誕生於箱庭。

光與暗，陰與陽，善與惡，創造與終結，男與女。

箱庭諸神依據「全能悖論（Omnipotent Paradox）」這種悖論遊戲的一部分，不允許構築起以一元論、一神教為基

幕間1

準的宇宙論（Cosmology）。實際存在於二〇〇〇年代的最大宗派在箱庭卻無法充分發揮力量的理由就是因為這一點。

相較之下，「拜火教」主張的善惡二元論則是以最快速度滿足了建構宇宙論（Cosmology）時必須的最小公倍數，並獨占了最巨大的「歷史轉換期（Paradigm Shift）」其中之一。

就這樣，為了滿足宇宙的最小公倍數而誕生的那名女性，被迫扛起世界黎明期的所有負面要素，也被迫收下神靈的位置和名號。

命中注定必須持續戰鬥幾千年、幾萬年、幾億年的那名女性無法承受自身的命運，因此總是哭泣。她邊哭泣邊戰鬥，貫穿挑戰自己的勇者的心臟，用沾滿鮮血的雙手摀住臉頰不斷哭泣。

……在當時，為了戰鬥而生的三頭龍無法理解身為造物主的女性為何哭泣。如果厭惡戰鬥，只要停止這種行為就可以了。女性擁有足夠的力量，放棄戰鬥逃走對她來說應該是輕而易舉。然而詢問後，女性卻回答她並不是厭惡戰鬥。

那麼是因為殺死敵人而感到悲傷嗎？女性邊哭邊搖頭。

再問是因為身為「不共戴天（世界之敵）」而感到悲傷嗎？女性還是搖頭。

三頭龍帶著煩躁詢問，那麼到底是為了什麼而悲傷落淚——女性靜靜回答。

「…………」

三頭龍閉上紅玉之眼，即使經歷過無數星霜歲月，他也絕對不曾忘記。

那宛如寶石般的雙眼不斷落下淚水的理由。

還有為了拭去那淚水，即使賭上永遠也無所謂的熾熱情感。

戰鬥再戰鬥，他在等同永遠的時間裡不斷戰鬥至今。

這種日子……終於即將宣告結束。

「——裁決之時到了。箱庭的英傑們，現在正是你們展現真正價值的時刻……！」

第一章

——空中堡壘，作戰會議室。

「所有的碎片都已湊齊，那麼，開始最終考察吧。」

克洛亞·巴隆舉起拐杖敲打地板，接著如此宣布。

在廣大箱庭中也名聲遠播的強者們圍著圓桌。

東區的「階層支配者」，「覆海大聖」蛟劉。

南區的「階層支配者」，莎拉·特爾多雷克。

北區的「階層支配者」，司令官拉普子Ⅲ。

還有趕來救援的「混天大聖」鵬魔王與女王騎士斐思·雷斯。

主力之一的傑克已經退出最前線，現在被送往醫護室。身為強大戰力的傑克和維拉沒有加入會議是嚴重損失，但也無可奈何。

逆迴十六夜喝著為他準備的水藥，開口發問：

「說是要考察，但阿吉·達卡哈並不是使用『主辨者權限』的魔王。就算調查他的傳說，我想也無法找出勝機。」

「這個嘛，實際上如何呢？」

克洛亞拉低圓頂硬禮帽，把視線投向蛟劉。

承受他視線的蛟劉以為難態度交疊雙臂。

「其實啊，少年。你離開之後我們有試著跟他交手，但被打得很慘。繼續像這樣正面衝突並不會有勝算，三頭龍受到我們無法判別的恩賜或法則保護，根本無計可施。畢竟連擁有對神、對龍用恩賜的小迦陵使出的火焰都沒有發生效果。」

「二哥，請不要叫我小迦陵。」

鵬魔王不高興地嘟起嘴巴抗議。

十六夜點點頭像是在仔細分析這番話，接著對旁邊的斐思．雷斯提問：

「……原來如此啊，面具騎士大人怎麼想？」

「我也贊成克洛亞大人和蛟劉大人的意見。既然她——小迦陵的火焰沒有效……」

「等一下，女王騎士。妳有什麼權利那樣叫我的名字……」

「是嗎~那，小迦陵妳怎麼想？」

「所以我不是說別叫我『小迦陵』嗎！你們這些傢伙胡鬧些什麼！」

鵬魔王氣得直冒青筋。

叩叩！克洛亞敲擊拐杖引起眾人注意後，帶著苦笑繼續會議。

「我基本上也贊同這些意見，既然小迦陵……咳咳，失禮，只是開開玩笑，別放火燒我。」

小迦陵在右手上喚出金翅之焰，威嚇所有人並轉回話題。

「……哼，你不是在兩百年前和三頭龍戰鬥過嗎？應該知道弱點或其他什麼情報吧，死神？」

眾人的視線都集中到克洛亞身上。

在兩百年前——正是過去的「No Name」打倒並封印了毀滅「箱庭貴族」的阿吉．達卡哈。身為共同體創設者之一兼重要人物的克洛亞不可能對三頭龍一無所知。

他壓著圓頂硬禮帽，聳聳肩膀。

「唔，正如大家推測，關於鵬魔王的恩賜無效這事，我這邊也已經得出調查結果。」

「那麼……」

「不過這是兩回事。既然要和阿吉．達卡哈交手，我現在想討論的事情是更根本的問題——也就是『「人類最終考驗（Last Embryo）」阿吉．達卡哈到底是什麼？』他並不是那種光弄清表面性能就能夠戰勝的對手。所謂戰鬥是一種會變化的生物，無論是何種準備都是有備無患。」

「是啊，不管怎麼說我們需要重整戰力的時間，所以也必須有效利用這段期間。」

聽到蛟劉的發言，眾人以不同的表情點頭。

十六夜先理解所有情況，才把手放在嘴邊向克洛亞提問：

「那麼我有事情想趁這機會問清楚。喂，死神。」

「什麼事？」

「以前和我們戰鬥過的『衰微之風（End Emptiness）』也是最終考驗之一嗎？」

只是想確認的十六夜問得輕描淡寫，然而這出乎意料的發言卻讓所有人都驚訝得瞪大眼睛。

把平常的瞇瞇眼睜到最大的蛟劉開口反問：

「十六夜小弟……你和那玩意兒戰鬥過？」

「也不能算是戰鬥啦，只是打過照面的程度。」

「那也已經很了不起了。『衰微之風』是少數行蹤沒有成謎的一位數成員。光是能活著回來，就可以算是很大的戰果。」

連向來沉穩的斐思·雷斯也點著頭，以帶著熱意的語調發言。

然而十六夜反而對她說的話吃了一驚。

「妳說一位數成員……這代表可以解釋成『衰微之風』是箱庭中的最高位存在嘍，面具騎士大人？」

「當然。雖然為了方便，『衰微之風』被定位為魔王之一，但實際上那是世界的法則——說起來甚至也可以算是『全能之一部分』的存在。」

這方面十六夜已經從嘎羅羅那邊聽說過。

據說「衰微之風」是來自時間這種概念的盡頭，然而聽過抽象說明後，十六夜只能掌握到

模糊印象。況且如果「衰微之風」真的位於時間概念的終點，也可以推測那其實已經超出人類有可能克服的考驗的極限。

或許是理解十六夜的這種想法，克洛亞帶著苦笑回答：

「正如女王騎士所說，『衰微之風』有點特殊。那玩意兒之所以會被定位為『人類最終考驗』，是因為他還具備了用來攻略最終考驗的時限功能。近兩百年來之所以不見蹤影，最好認為是因為阿吉．達卡哈遭到封印而導致計時沙漏停止的緣故。」

「那麼，要是到達用來破解最終考驗的時限……？」

「當然，箱庭的一切都會遭到『衰微之風』蹂躪。一旦演變成那樣，可就全部完蛋——到時限為止，只剩下沒多少時間。現在，上層大概正為了構築新箱庭而忙得人仰馬翻吧。」

聽到克洛亞的發言，以莎拉為首的各「階層支配者」們都露出嚴肅表情。

「……克洛亞大人，您果然認為天軍不會前來？」

「不會來吧。他們應該正在為了應付時限到來的情況……也就是最糟事態而進行準備，大概沒有餘裕分派援軍給我等。」

一聽到天軍的名字，鵬魔王和蛟劉立刻以銳利眼神瞪向克洛亞。

「真的是那樣嗎？掌管天軍的人是護法神十二天……也就是帝釋天吧？我並不認為那個連在天界也被評為『一日行動只會做些畫蛇添足的事情』的廢物神具備那種能面面俱到的才幹。」

「根據白夜王所言，帝釋天好像是『天界的不良大哥』吧？我完全不認為他是理解事物道理後才採取行動的神靈。」

「嗯，這點我無法否認……不過，俗話說壞事傳千里，這是無論哪個時代都共通的狀況。身為過去面對『閉鎖世界（敵托邦魔王）』時率先挺身而出的同志之一，我認為他是無可取代的友人，也是個傑出的人物。」

克洛亞放鬆表情提出委婉反駁，然而眼裡卻不帶笑意。

這是在強調他無法接受曾在同一旗幟下戰鬥的戰友遭受毫不留情的中傷。

曾被護法神十二天毀滅的某兩人雖然很想反駁，但現在不是主張私人情緒的時候，只好把話又吞了回去。

十六夜嘆了口氣，稍微打了點圓場才繼續話題：

「嗯，畢竟聽說他有幫忙把神格賜給黑兔，對這邊的狀況應該也不是完全不清楚吧，也或許那已經是他能出手幫忙的極限。不管怎樣，現狀只代表我們必須靠自己的力量打倒那隻三頭蜥蜴而已。」

「就是如此。那麼雖然有點離題——現在可以開始最終考察了吧？」

克洛亞再度徵求同意，沒有人表示反對。

然而就算說是最終考察，也無人提議該從什麼開始討論。

沉默持續一陣子之後，十六夜以受不了的態度舉起右手發問：

「關於這件事，死神。你剛剛說到的『時限』有什麼具體條件？」

「我要是告訴你答案，就算不上是遊戲了吧？既然還年輕，你就該用靈活的腦袋自己思考。」

克洛亞拉了拉圓頂硬禮帽，露出不懷好意的笑容。在這種時候還能保持幽默感是這個賢神的缺點也是優點，既然他故意像這樣吊人胃口，就可以判斷個中另有意義。

然而關鍵的十六夜本人卻不帶笑容。平常的他應該已經回了幾句挖苦並接下挑戰，現在卻帶著幾乎不像他的認真表情開口反問：

「……哼。仔細研究三個『人類最終考驗』後，可以看出類似那些傢伙結論的共通之處。你想『讓我察覺』的事情就是這一點吧，死神？」

他以帶著責備的眼神看向克洛亞，克洛亞也回以別有含意的笑容。

旁邊一臉詫異的蛟劉提出疑問：

「這是怎麼一回事，十六夜小弟？」

「也沒什麼。我到今天為止已經見過各式各樣的魔王和神明，這傢伙回到箱庭更讓我產生確信。這個箱庭的世界——其實是和人類歷史在時間上相互依存的世界。」

「有點不對。正確來說，是神靈種和人類歷史相互依存。不過箱庭的居民有九成都受到神靈的恩惠，所以其實也不算錯誤。」

在場所有人都面面相覷，一頭霧水地歪了歪腦袋。

其中只有身為女王騎士的斐思·雷斯能理解兩人的發言。

「我曾經聽女王說過。神靈有慢性的悖論遊戲……也就是所謂的邏輯錯誤。」

「意思是？」

「基本上，請思考神靈這種存在能發生的條件。

『神靈是基於人類信仰而發生』。

『人類是受到諸神恩惠而進化』。

——那麼，這『兩者的起點和終點到底是哪邊』呢？」

聽到女王騎士的發言，莎拉收起表情，七天大聖中的兩人則是舉起手靠在嘴邊，彷彿察覺到什麼。

「妳意思是身為起點（α）的造物主和身為終點（Ω）的創造物其實相同的世界……就是箱庭世界？」

「沒錯。被視為箱庭有史以來最大謎題的悖論，先有雞（神）還是先有蛋（人）——我等將其稱為『Bootstrap Paradox』。」

「怎麼可能。關於這一點，人界已經得出結論了吧？在被稱為人類末世的二〇〇〇年代中最受到支持的理論，應該是神明創世論沒有錯。」

這個結論雖然也受到當時有力宗派的強烈影響，然而事實上，針對構築出世界的首要因素到底為何，創世論以外的其他說明的確都還沒有獲得證實。而這點也是人類歷史即使耗盡所有時間也無法到達的真實之一。

鵬魔王提出反論後，克洛亞似乎很困擾地聳了聳肩。

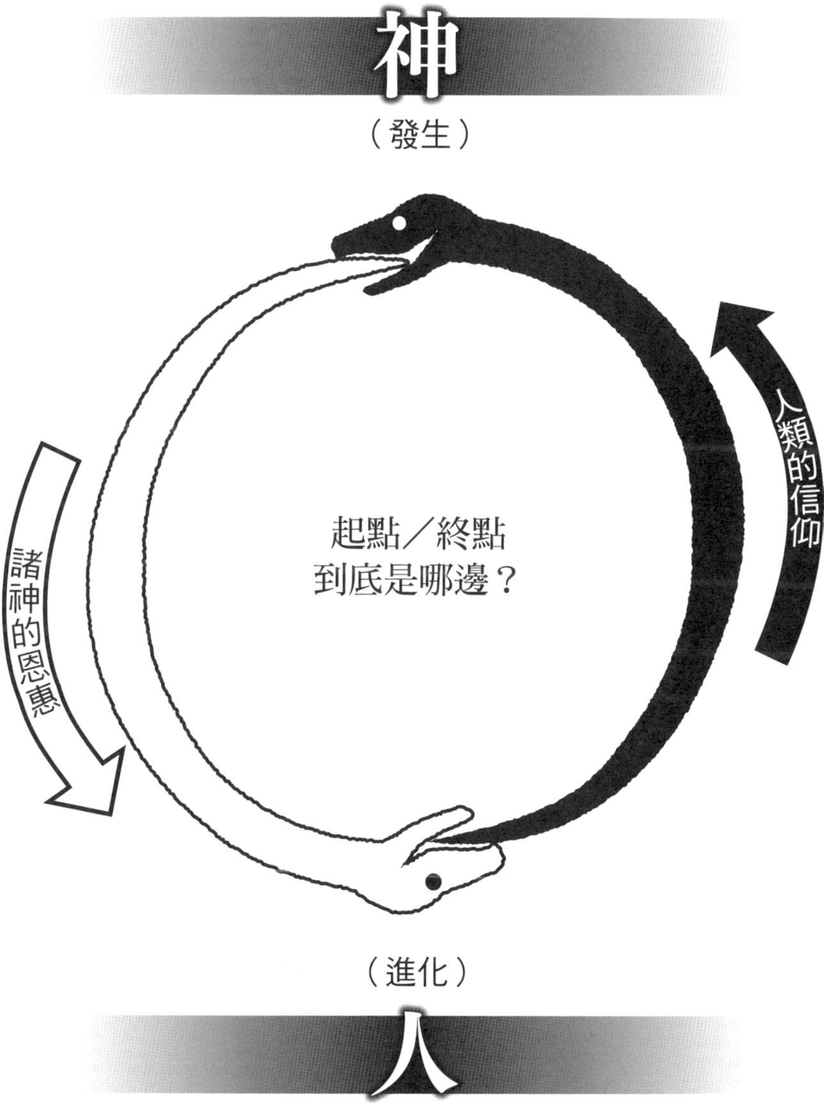
神
（發生）
人類的信仰
諸神的恩惠
起點／終點
到底是哪邊？
（進化）
人

「小迦陵，如果『獲得人類支持』能成為『創世論的保證』——就代表『世界的法則受到人類主觀影響以及構成』，換句話說，也代表人類原理才是宇宙論的真實喔。」

「……這……」

「而且這點正是讓『人類最終考驗』提升為最強弒神者的事實——都講到這種程度，十六夜小弟應該能察覺到什麼吧？」

眾人的視線一起集中到十六夜身上。雖然也有人不需要他說明就已經明白，但也發現負責主持現場的克洛亞特地指名十六夜必定別有用意，所以默默旁聽。

十六夜雙手抱胸，保持嚴肅表情說出解答：

「……既然人類和神靈是彼此的觀察者，表示若有一方滅亡，這段關係就會出現問題。換句話說『人類最終考驗』的真面目是——」

——「毀滅所有人類的要因α」。

這正是會降臨在人類身上的最後考驗。

聽到十六夜提出的答案，克洛亞帶著不懷好意的笑容點了點頭。

「沒錯。在北歐是諸神的黃昏（Ragnarök），在印度是Kali Yuga。對於諸神從遙遠古代文明時期開始就一直敲響警鐘的那個匯聚點（Ω）X，我等神靈是使用了這種總稱：『世界之終局』——也就是『末世論』。」

這就是那些「最終考驗」的真相。而這個真相指出的「時限」的意義，卻讓十六夜露出了

前所未有的嚴肅表情。

（那麼，所謂「最終考驗的時限」，果然是指人類的毀滅在外界會成為確定事實的剩餘時間。如果這是真的……！）

他產生不好的預感，也抱著不妙的確信。

明明這是只要向克洛亞問一聲或許就能解決的問題，但十六夜卻為了遵守自己的信條而無法提出這個質問。他想知道，該不會即將迎向毀滅的世界並不是這個箱庭——而是自己已經捨棄的那個世界吧？

*

——煌焰之都，附近的樹海。

在黎明即將到來的時刻，和煌焰之都有一小段距離的丘陵上籠罩著日光以外的光芒。

馬克士威魔王召喚出天使後，就使用具備青白色光輝的球體包住自身封閉起來，沒有表現出試圖展開行動的任何動靜。雖然從外側無法確認他的身影，不過球體散發出的壓倒性存在感正是他在場的證據。隨著時間流逝，召喚來的天使數量也愈來愈增加，那些推測是天使的鎧甲妖物現在已經聚集了十數隻，圍住馬克士威的王座。

「…………」

觀察這狀況的殿下靜靜地瞇起雙眼。

他的腳邊躺著先前解決的天使殘骸。打倒天使後雖然有試著調查，鎧甲內側卻是空洞，感覺不到生命的跡象。即使無法確定到底是利用什麼原理來動作，但這東西似乎不是生物。

（也不是神珍鐵那種全身都能伸縮的金屬，更何況原本就無法感覺到有超自然的存在依附於其上的跡象。）

之前推論這是把內藏機關的自動人偶作為媒介的天使，卻還是覺得有哪裡不對勁。

既然沒有依靠超自然力量來動作，表示呈現天使外型的外殼本身具備某種動力。

（該不會這個天使……這玩意本身就是第三類……？）

「殿下，格爺差不多要回來了，你先下來一趟吧。」

殿下正在樹上考察，下方卻傳來鈴的呼喚。（註：原譯為「琳」，從本集起統一變更譯名為「鈴」）

注意到聲音的他依言跳下樹，只見篝火附近有個穿著寬鬆長袍的少年——仁・拉塞爾也坐在那裡。

「辛苦了，狀況沒變化嗎？」

「不，惡化了，天使的數量不斷增加。那些傢伙雖然行動單調，但力量和空間跳躍卻強大得讓人驚訝。要是繼續增加，或許真的會很棘手。是不是該提出點對策，鈴？」

殿下小跑步來到火堆邊坐下，並向鈴確認狀況。

鈴是殿下這團隊裡的遊戲掌控者。雖然最後會是擔任首領的殿下做出決定，但過程中的作戰全部由鈴負責籌劃。

平常總是帶著自在笑容提出解決辦法的鈴，這時卻在開口前猶豫了一會兒。

「……嗯，我也認為要出手的話是該趁現在。如果天使會無窮無盡地增加，馬克士威先生帶來的威脅或許會到達阿吉．達卡哈那種等級。」

「那麼……」

「不行，首先要等格爺回來以後再考慮方針。敵人過於強大，不能在所有人意志尚未統一的情況下展開下一步行動。」

鈴以和平常那種幼稚態度完全不同的語氣做出乾脆決定。想必這樣才是原本的她吧，稚氣舉止反而近似來自從容心態的演技。

現在的鈴大概已經緊張到無法裝模作樣。

就連旁邊抱著膝蓋坐下的仁也因為目前狀況而滿心焦急。

（我之前就覺得在哪裡看過鎧甲天使胸口的花蕾旗幟……一定沒錯，那和十六夜先生他們在「Underwood」遇到的自動人偶……柯碧莉亞的共同體旗幟相同。）

「第三類永動機」——柯碧莉亞。

原本被魔王「衰微之風（End Emptiness）」封印的她因為某個事件而遇上十六夜等人，封印也暫時解除。如果打倒馬克士威後會讓靈格移回原本的主人身上，那毫無疑問是指柯碧莉亞。

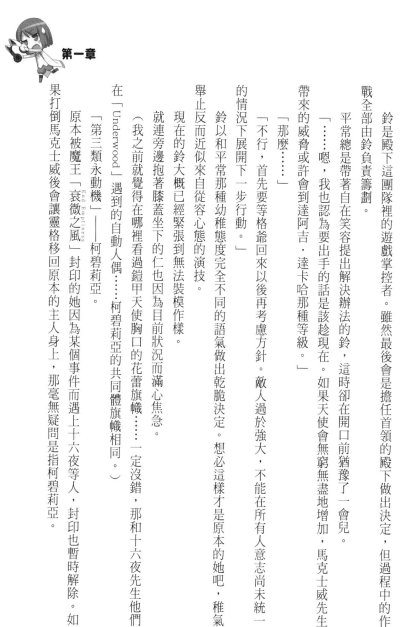

再加上鈴他們還沒有察覺柯碧莉亞的封印已經解除。

為了利用這個大好機會，仁讓大腦加速運作。

（只要能成功誘導他們在這裡打倒馬克士威，說不定就能對「Ouroboros」造成重大打擊。）

根據聽來的情報，對「Ouroboros」來說，「第三類永動機」是最重要的關鍵之一。要是能奪走這個靈格，應該可以給予嚴重損害。

（但是我必須考慮到，封印柯碧莉亞的魔王「衰微之風（End Emptiness）」是「Ouroboros」成員之一的可能性。）

仁背後流下冷汗。

即使在諸神的箱庭中，還是有幾個被視為傳奇的魔王。

「絕對惡」阿吉・達卡哈。

「閉鎖世界」敵托邦（Dystopia）。

「衰微之風」End Emptiness。

他們是甚至能跳脫最強種這框架的存在——通稱「人類最終考驗」。

如果其中之一真的出手協助「Ouroboros」，對箱庭全體也會造成威脅。仁本身雖然不曾親眼見過，但「衰微之風」可是連那個奉行唯我獨尊主義的逆迴十六夜都在看過一眼後就評論為「不想與其正面對戰」，真面目不明的魔王。

對於仁來說，光是這樣就非常足以證明其威脅性。

（不過，我也有聽說過「衰微之風」沒有獨自意志，是被召喚來作為遊戲邏輯之一的魔王。所以只要不妨礙遊戲，應該不會遭到直接攻擊……）

那麼與其說是聯手，還不如推論是有人能夠利用他。而那個人既然具備這等實力，很有可能是擔任「Ouroboros」中樞成員的人物。

（第三類永動機……天使……「衰微之風」……不行，我找不出關聯性。）

仁雖然拚命動腦思考，但憑他的知識量，要導向解決的材料還不夠。況且他根本不知道「衰微之風」的真正使命。

再加上若想解開這個難題，還必須具備異世界的知識。

在場成員中有可能得到那些知識的人是──

「鈴，那些鎧甲天使……如果假設那些真的是天使，妳知道是屬於哪個神群嗎？」

仁把手搭在下巴上，以若無其事的態度試探。身為「Ouroboros」繼承人的殿下和鈴即使知道什麼也很正常。

鈴先表現出雙手抱胸仔細思考的反應，才一臉為難地低下頭。

「……這個嘛……我後來有探討過很多方面，只有想到一個可能的答案。」

「真的嗎？」

「嗯，不過我個人希望不是那樣。」

「意思是？」

「因為敵人過於強大。如果我的推測沒錯……『Ouroboros』這組織會是一個遠超過想像的超巨大組織。」

鈴微微嘆了口氣。這動作雖然有些故意，但即使是和她認識沒多久的仁也能看出鈴是真的束手無策。

殿下他們有意背叛「Ouroboros」。

儘管只是仁的推測，但他們在組織中的地位恐怕並不高。

即使是性命受到保障的殿下，也只不過是處於「為了達成目的的道具，可以用某種方法來取代」的立場吧。如果不是這樣，鈴在地下說過的「總算不會被殺」發言就不合理。

（而且最重要的是馬克士威說過的關鍵字——印度神話群中的末世論「Kali Yuga」。如果這和殿下的靈格有關聯……！）

殿下的真實身分已經可以肯定，除此之外沒有其他可能。他的存在也能符合所有關鍵字。

現在發生的一切災厄都有意義。

如果仁的考察沒錯，殿下的真面目會是連在箱庭世界內都不曾出現過的……「命中註定要拯救未來」的傳說英雄之一。

現在雖然尚未完成，但完成後甚至可以凌駕釋〇和西歐的神之子。

——印度神群的宇宙論（Cosmology）記載了會循環的四個時代。

人類在文明進化，度過鼎盛期之後會面臨的滅亡就是「末世論（Kali Yuga）」。

而為了拯救人類的末世，最後的英雄將會現身。

英雄身為印度神群中的太陽化身，擁有和釋〇同等以上的靈格，名字是——

（不，我不能太急躁。和十六夜先生他們討論過後再下結論也還不遲。）

現在馬克士威才是重點。

「我明白了，我會把鈴的推論視為單純的預測，希望妳能大略說明一下。」

「……是可以啦，但你聽完之後可別絕望喔。」

鈴先姑且給了個提醒，才嘆了口氣。

「首先，關於『馬克士威妖（Maxwell's demon）』。這個惡魔的存在是在二〇〇〇年代初期『獲得證明』。」

「……？意思是現出身影，達成『惡魔的證明（probatio diabolica）』嗎？」

「不是，是在科學上獲得證明。詳細內容牽涉到熱力學的範疇所以這裡省略……總之人類靠著以這技術為基盤發展出的研究，成功置換環境情報，並獲得從情報這種無的環境下抽出能量的技術——呃，聽得懂嗎？所以馬克士威魔王並不是惡魔，而是作為一種『實際存在的法則』在世界上為自身占下定位的型態。」

「……怎麼會……」

仁足足倒吸了三口氣，才開始仔細思考鈴的發言。

「馬克士威妖」和「拉普拉斯惡魔（Laplace's demon）」之所以被稱為「惡魔（demon）」，是因為他們都是能夠觀測到的不確定存在……換句話說，是把科學上的空想理論擬人化之後的譬喻。

他們的存在雖然不確定卻受到認可，因此成為惡魔。然而在過去，他們都曾經被產生出自身的科學否定。但是到了現在，不只存在重新獲得認可，甚至還被實際觀測到。這是連在箱庭歷史中也找不出相似案例的大事件。

即使仁無法明白所謂的「將情報化為能量」是指什麼，但如果是一種無中生有的技術，這已經超越人類能獨力獲得的技術。

即使稱為神域的技術也不為過。

「該不會……那就是『第三類永動機』的真面目……？」

「我也是那樣認為，看來外界的情況比我們的印象更複雜一些。」

「唔～」鈴一臉為難地在胸前交疊雙臂。

接著她「唰！」地豎起手指，繼續發表自己的觀點。

「疑問①

如果假設馬克士威妖獲得證明後誕生出的技術＝『第三類永動機』，會出現某個矛盾。那就是『馬克士威妖本身就已經是現有的永動機』，因此會留下為什麼編號為『第三』的問題。

疑問②

擔任『第三類永動機』的存在實際上有複數名的這個問題。這技術被稱為人類最後的神祕，不可能有代替品。換句話說，這暗示兩者有可能是同一存在，或是彼此關係為互相依存。

結論①

根據以上兩點，雖然馬克士威妖≠『第三類永動機』，但卻是在製作新的永動機時不可或缺的要素之一，並基於此暫時保管靈格。

結論②

可能只是我想得太複雜了。這世界其實更加單純，認定馬克士威妖＝『第三類永動機』就OK嘍寶貝～

——大概是這樣，你覺得如何？」

「也沒有什麼如何，當然是結論①吧。」

仁一邊表示贊同，同時再度感到佩服。這個少女在這麼短的時間內居然可以想得這麼遠，只論知識量和思考速度的話，說不定和十六夜有相同水準。

認為自己身為同世代可不能輸給她的仁重新振作起精神，開口反問：

「現在我也很清楚馬克士威的靈格是什麼了。那麼，既然他的靈格和天使有關，應該可以推測在開發過程中有神群介入吧？」

「嗯，我也是想到這點。」

「可是……傷腦筋。就算說是天使，也有太多乍看之下無法判別的造型和種類。有類似的前例嗎？」

仁發問後，殿下把手搭在嘴邊回答：

「我聽說過在相對論確立時，愛因斯坦的功績曾和星條旗一起被召喚。雖然現在下落不明，但這個大概是類似的例子吧？」

「可是那次應該是特例中的特例。」

「……什麼意思？」

「據說如果由愛因斯坦以外的人類來確立相對論，有可能會出現比現行史實更加悲慘的未來，而且還嚴重到會造成世界末日在早期就到來的地步。」

「結果，愛因斯坦獲得了極為龐大的靈格。也有不少人認為那傢伙就是阿吉．達卡哈的真面目。」

「意思是ＮＢＣＲ武器是最終考驗嗎？……嗯～是啦，算是雖不中亦不遠矣吧？這種想法還滿有趣的，值得好好研究一下。」（註：Ｎ＝核武、Ｂ＝生物武器、Ｃ＝化學武器、Ｒ＝放射性武器）

鈴開始離題研究殿下的發言。

仁則趁現在回顧剛才的對話。

一般來說，技術性的「歷史轉換期（Paradigm Shift）」依附的對象應該不是個人而是組織。拉普拉斯和馬克士威這類的理論之所以會進行擬人化，是因為擔負起理論靈格的擁有者無法確定。這樣一來，或許果然還是可以推論「第三類永動機」和天使之間存在著宗教組織上的關聯。

想到這邊，仁突然注意到某件事。

（……咦？總覺得好像有什麼不太對勁……？）

和聽到「第三類永動機」時同等，甚至更嚴重的突兀感襲向他。

當仁正在摸索這突兀感到底是什麼時，鈴已經得出下一個結論。

「阿吉．達卡哈的分身體讓森林枯萎的現象……那也是生物武器的靈格嗎……不，可是……那是會散布極小細菌的武器……細菌？嗯？等一下！」

她突然大叫。仁和殿下詫異地皺起眉頭，以動作示意鈴安靜。

「鈴，別那麼大聲，萬一被敵人發現可就麻煩了。」

「現在不是顧慮那種事的時候！沒錯！我居然完全忘了！極小的細菌……不對，是極小的粒子！還有最新的永動機！可惡！為什麼之前沒注意到這麼重要的事情啊，我真是大笨蛋！」

鈴揮著雙手鬼吼鬼叫。殿下原本想再度斥責她，看到鈴似乎掌握到什麼的反應後改口追問：

「什麼意思？快點說明，鈴。」

「還有什麼！馬克士威的召喚式是『Summon maxwell myths. 3S, nano machine unit』……沒錯，正是人口粒子（nano machine unit）！既然把這部分放進召喚式裡，就代表這個奈米機械（nano machine）或許正是馬克士威妖的真面目……！」

鈴基於已經把所有謎題串連起來的確信，捂著嘴巴把考察一口氣全講出口：

「就算真的發現可以把情報化為能量的超時代技術，我也不認為能夠立即製造出足以讓整座城市運作的龐大力量……不過如果只需要讓粒子單位的奈米機械運作的能量就有可能……可是奈米機械的開發仍有對生物造成影響的疑慮……該不會和『生命目錄（Genom Tree）』也有關係吧……？假設真是那樣，神群可能並不是擔任研究的後盾，而是保證研究開發的正當性，或是保證技術本身的神性，並且幫忙集資贊助……可是擁有此等世界性和政治性影響力的神群大概只有兩個……討厭，那麼『Ouroboros』背後的神群果然是——！」

「哎呀，居然已經考證到這地步。不愧是我欣賞的少女，彩里鈴（Ayazato Rin），看來有好好用功嘛。」

仁感到背脊竄過一股寒意。

這陌生的聲音讓他提高警戒，但另外兩人的緊張已經不只是這種程度。平常的從容態度突然消失，兩個人都臉色發白。

仁第一次看到他們露出這麼冰冷又欠缺血色的表情。精神成熟得不符合實際年齡的兩人現在卻縮起肩膀，活像是惡作劇被大人抓到的小孩。

這聲音的主人——「Ouroboros」的詩人，名為幻想（Grimm）的男子跟去見三頭龍那時一樣突然出現，對著兩人露出輕浮笑容。

「了不起，原本只是基於好玩才把妳收為弟子，完全沒想到妳可以靠自學來到這種地步。讓人實在很期待十年後的妳。」

「老……老師……！」

「……你來做什麼，行樂家？你應該沒有被叫來參加這次作戰。」

「什麼啊，居然這麼冷淡。我還特地想幫忙你們呢。」

「幫忙？哼，說是來利用我們才正確吧？我才不需要被聖人們奪走靈格和功績的沒用詩人。」

「真的很沒禮貌。我們都是躲在獅子身上的跳蚤，以某個角度來看算是同志吧？」

「夢話等你永眠以後再說。我們只是想和『Ouroboros』斷絕關係，從一開始就不打算正面衝突。和你這種一旦找到機會就會篡奪『Ouroboros』的陰險混帳可不一樣。」

「是是是……」男子露出愉快的笑容。

旁觀的仁受到男子的奇異外貌，還有壓倒性壓迫感的抑制，實在無法開口插嘴。他握緊下意識發抖的手指，深吸一口氣。

（這是誰……？不對，這傢伙是什麼玩意兒……？）

是人嗎？是妖物？還是現象？明明無法實際感受到對方存在於眼前，五感卻告訴自己「有什麼東西在那裡」。

與其稱為幻想，更應該說是會走路的雜訊吧。

（殿下和鈴抱著警戒。雖然感覺不是敵人，但也不是同伴嗎？……或者該說，我現在的立場是不是非常危險？）

（是啊，很明顯已經走上死路了，請節哀。）

珮絲特從從吹笛人的戒指裡沒好氣地搭話。

仁冒著冷汗對她提問：

（珮絲特也認識這個人？有關於他的情報嗎？）

（也沒有什麼認不認識，我倒是沒想到連這個人也隸屬於「Ouroboros」。聽這聲音，把我召喚到箱庭的人大概就是這傢伙。）

（……啥？）

仁的聲音有點走調，珮絲特以帶著緊張的語氣簡潔說明：

（外表雖然有點不同……但我還記得這聲音所以一定不會有錯，這傢伙就是率領「幻想魔道書群（Grimm Grimoire）」的傳說中魔王。）

以「哈梅爾的吹笛人」、「灰姑娘」、「穿長靴的貓」等民間故事為媒介，召喚出童話惡魔的詩人。

甚至被稱為第四最強種的人類幻想種。

珮絲特告訴仁，這就是眼前男子的真面目。

（之前聽說他已經死了，看來還活著呢。既然這傢伙隸屬於「Ouroboros」，要召喚出我當然不是難事……明明只要稍微思考就能明白，卻是個完全的盲點。）

（可是所謂的格林（Grimm）童話，不是格林兄弟的作品嗎？）

（……這我也不知道。不過剛才殿下有說「被聖人奪走了功績」，或許那就是原因。）

雖然兩人一起推測，但這個男子的謎團實在太多。光是這次能知道有這號人物，或許已經

可以算是戰果。

……前提是要能活著回去。

「真是，為什麼會變得這麼狂妄呢？要是能多一點可愛感和悲壯感，就會成為我喜歡的玩具。」

「因為像製作者才會這麼扭曲吧，有事快說。」

殿下瞪著對方，展現完全不打算鬆懈的語氣和敵意。

看他的態度，彷彿一有破綻就會把男子的脖子咬斷。

「怎麼這麼缺乏餘裕呢？雖然我可以同情你的境遇，但你也該稍微享受一下自身的絕望嘛……算了，現在講這種話也沒什麼意義。我剛才已經說過自己的目的，我會出手幫忙你們解決眼前問題，但代價是你們也得協助我。」

「你還是趕快去死一死吧！」

「真的，為什麼會養成這種臭小鬼呢？」

「一定是因為跟老師您很像啊——雖然殿下這樣說，但如果您願意出手幫忙，還請老師務必助我們一臂之力。如果方便，可以講解一下您有什麼對策嗎？」

鈴端正姿勢，合起雙掌懇求。

這態度與其說是尊敬，或許該說是來自畏懼。現在的她和平常那種開朗的樣子真是天差地別。

「也不能說是對策，是我去找死神交涉過了。聽說孔明那傢伙已經從西區回來，馬克士威可以暫時先交給他。鈴和格萊亞跟我一起待機，讓奧拉先回到魔導書裡，殿下則去參加另一邊的遊戲。現在正是履行原典（Origin）候補者職責的時候。」

「……！」

兩人同時看向對方，也同時倒吸一口氣。

男子的發言已經清楚得不能再清楚。

「您意思是……要殿下和阿吉・達卡哈戰鬥嗎？是這樣吧？」

「嗯。雖然比預定還早，但有兩個太陽主權應該能撐一下吧。」

「那……那麼我也……！」

「說什麼蠢話，我怎麼能讓可愛的弟子去做那麼胡來的事情呢。」

男子臉上浮現出全無慈愛的狡詐笑容。

這是為了目的行動呢？還是在把自己等人當玩具戲耍？從這個男人的表情上無法看出端倪。唯一能明白的只有現場的主導權已經被他完全掌握。

「考慮到『Ouroboros』的目的，不能讓你在現在這時候打倒馬克士威。因為會讓『Kali Yuga』提早成立，要是你打倒他，在很多方面都會造成困擾。」

「……造成誰的困擾？」

「我的困擾。」

「真的嗎！真讓人超有幹勁，我立刻去幹掉馬克士威！」

「給我閉嘴，死小鬼。總之你給我去挑戰閣下然後痛快玉碎吧。不管怎麼說，反正你沒有拒絕的權利。你有意背叛的事情早就已經露出馬腳，別忘記自己處於沒展現出真正價值就會被廢棄的立場。要是想活久一點，至少要稍微聽一下製作者的意見。」

男子不以為然地說道，但態度已經不似先前那麼和緩。

最後的發言明顯是命令，暗示著殿下如果不願意聽從，就要做好一定程度的心理準備。

殿下大概也有自覺，他狠狠咂舌後，看了仁和鈴一眼。

「……我有一個條件，要保障這些傢伙的安全。這點小事你做得到吧？」

「哦？我倒不覺得你有資格談條件。算了也好，畢竟也有認識的人嘛。」

男子的視線看向仁——不，是看向珮絲特。

仁握緊戒指，就像是要保護剛剛在裡面嚇得身子一震的珮絲特。

殿下介入他們之間，狠狠瞪向男子。

「……我明白了，我會去做。『人類最終考驗』……阿吉．達卡哈就由我來打倒。」

第二章

——空中堡壘，廚房。

被送往別館的黑兔整理好儀容後，離開別館前往正東奔西跑忙著送餐的廚房。

即使處於戰時，肚子還是會餓。和同伴會合後，乾脆的飢餓感和安心感一起襲擊黑兔，因此她以要養精蓄銳為理由，前來廚房偷偷覓食。

（哎呀呀～還要準備難民和傷患的食物，大家看起來都很忙呢。）

她晃著兔耳，在廚房裡蹦蹦跳跳地四處移動。

最後黑兔借用廚房角落空著的調理台，要來雞蛋和蔬菜煮了簡單的湯。幸好廚房裡似乎儲存了很多辛香料，不需要為了調味煩惱。

接著她把和雞蛋拌炒在一起的山羊肉乾裝進盤子裡。

雖然內容簡單，但現在是非常時期。光是有熱食可吃就該心懷感謝。

（雖然靠「主辦者權限」而爭取到一點時間，但無法確定何時會再度開戰。人家也必須先做好準備。）

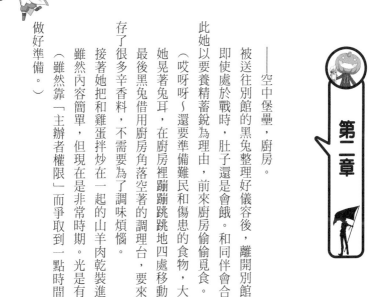

現在應該正在進行對抗阿吉．達卡哈的作戰會議吧。下次開戰時肯定要傾力而出，那樣一來，黑兔也很有可能會被視為戰力之一。

為了讓身體無論是必須實行何種作戰都能夠對應，現在必須盡可能恢復體力。

（既然人家的兔耳已經恢復，就不會再拖累大家。必須好好加油，別成了十六夜先生、飛鳥小姐，還有耀小姐的絆腳石！）

黑兔握緊雙拳鼓起幹勁。她把完成的料理放到托盤上正打算移動，身後突然傳來熟悉的女性聲音。

「看起來很好吃呢，黑兔小姐。可以和妳一起品嚐嗎？」

黑兔刻意晃著兔耳回頭。

因為對聲音有印象所以她毫無戒心，但看到聲音主人後忍不住瞪大雙眼。

（哇哇……！這……這是哪裡來的美女呢……？）

面對從未見過的女性，黑兔慌忙後退一步。雖然她看過不少美女，但眼前這位是沒見過的類型。

強有力的眼神雖然顯現出聰慧和嫻靜的氣質，但在一般水準之上的傲人雙峰和寬領口的直條紋毛衣卻反而讓女性的外表看起來相當煽情。

略長的亞麻色頭髮仔細綁出造型，從肩膀垂向胸前的乳溝，讓視線不由自主地被誘導過去。

和蕾蒂西亞不同，她能讓人感受到成熟女性那種已完成的魅力。

（白雪大人和維拉小姐的胸部都很大，但這位也相當有分量……！）

「……黑兔小姐，看是沒關係，但是不是該有所節制呢？」

神祕美女邊苦笑邊開口提醒，目不轉睛觀察胸前乳溝的黑兔這下才猛然回神。自己的視線確實欠缺禮貌，這次是因為彼此都是女性所以還能夠笑著帶過，如果是男性做出這種行為，即使挨了巴掌也是理所當然。

——不過，這位女性到底是誰呢？

這種美女只要見過一次肯定不會忘記。

而且對方似乎還認識黑兔。

神祕美女沒有理會黑兔的疑問，撥著頭髮看了料理的盤子一眼。

「唔，這是……山羊肉乾嗎？本來想分一杯羹，但看來有困難呢。畢竟同族相食並不妥當。」

「和山羊同族？啊，難道妳是……」

「是的，這是我第一次以人型出現。那麼在此重新自我介紹——我是山羊的星獸，阿爾瑪特亞。身為同一共同體的伙伴，今後請多多指教。」

面對親切的笑容和有禮的招呼，黑兔慌忙回應。仔細想想她不但是星獸也是神靈，人化之術想必是小事一樁。

黑兔抬起頭後，開始回想眼前這位女性的經歷。

（她是希臘神群之首，天空神宙斯的養母。也是豐饒女神兼最強之盾。）

……光是列出簡歷就十分驚人。

和她的稀少性相比，就連「月兔」和純血吸血鬼都會相形失色。

儘管靈格有點降低，這種超級大人物卻加入了「No Name」這樣的沒落共同體，實在難以想像。飛鳥到底是和她訂下了什麼樣的契約呢？

阿爾瑪感覺到黑兔的視線，帶著笑容指向餐廳。

「難得有這機會，去餐廳聊聊吧。我也很想和身為共同體參謀的黑兔小姐好好談過一次，如何呢？」

「YES！當然沒有問題！」

黑兔豎起兔耳回答。作戰會議應該還要一些時間才會結束吧，黑兔也很想找個機會和阿爾瑪對話。

兩人準備好茶水，和料理一起放在托盤上後，就開始移動，尋找可以用來吃飯的包廂。

＊

借用貴賓室稍微填飽肚子後，黑兔和阿爾瑪都喝著茶像是想緩口氣，然後才再度開始對話。

「話說回來，黑兔小姐和主人能逃出那麼危急的絕境還真是了不起。妳們兩位被馬克士威傳送走時，連我也因為束手無策而心灰意冷。該說不愧是『箱庭貴族』嗎？」

阿爾瑪帶著微笑送上稱讚，然而黑兔卻明確地搖了搖頭。

「不，並不是那樣。這次全都是靠著主神的加護以及飛鳥小姐賭上性命的請願，我們才能脫離那個險境。原本這條命應該已經按照『月兔』的傳說被燃燒殆盡。」

作為媒介的「月兔」原本就被賦予強大的身體能力，一旦再獲得軍神帝釋天的神格，當然能得到凌駕一般神靈的力量。

然而這也是重現佛教故事中「月兔」的功績，以生命換取僅止一次奇蹟的禁忌之力。

正常來說，黑兔應該已經失去生命，作為奇蹟的代價。

「而且不只是恩惠，主神還把自己的過去化為天啟，讓人家得以窺見一二，並告知——『軍神的眷屬啊，要為了同志奮起』。對於人家來說，那天啟才是真正的恩惠。」

黑兔滿心自豪地把手放到胸前。一族的主神親自擔任榜樣，示範身為箱庭居民理應如何行動。沒有比這光榮的事情。

最近雖然總是被嘲笑為「箱庭貴族（笑）」，但那樣才是作為獻身象徵的自己該有的模樣，也是「月兔」的真實面貌。

「……原來是這樣。我只有透過傳說得知帝釋天的事情，原本並不抱著什麼好感，看來或許我該修正這種評價。」

「唔唔？這真是讓人不能聽聽就算的發言。人家也聽說過希臘主神是位相當亂來的人物喔。尤其是在女性關係方面。」

「哎呀，我剛剛的發言是自找麻煩嗎？不過講到帝釋天的英勇事蹟，恐怕連宙斯（那孩子）也必須甘拜下風吧？尤其是對他人妻子出手結果受到詛咒的事蹟相當有名，據說受到報復的帝釋天因為咒印而在全身所有地方都長出女性的性器官……」

「哇啊啊啊啊啊啊啊啊啊啊啊啊啊啊啊！停！暫停！請快點停止！談論那件事是身為眷屬最大的禁忌！」

連兔耳都變得通紅的黑兔按住阿爾瑪的嘴。因為她說是禁忌，大概有什麼天罰吧。阿爾瑪本來興高采烈地想要繼續，最後還是看在黑兔這麼拚命的份上結束這個話題。

——順便一提，這次的詛咒讓帝釋天獲得新境地，不過這又是另一段故事了。

阿爾瑪露出高雅微笑，喝了口茶並進入正題。

「雖然有很多人否認，但神靈的系統（根源）和人類歷史有著漫長緊密的關係。因為毫無疑問，我等正是存在於其他宇宙的相互觀測者。像帝釋天或宙斯那種『最近似人類的神』應該很容易受到人類的本能部分影響吧。不過呢，其中也有——出生為人類，實際上卻應該成為神群之首的人物。」

聽到這句別有深意的發言，黑兔挺直背脊豎起兔耳。

身為人類，卻有可能成為神群之首的人物。阿爾瑪會提到的對象只有那一位。

「您難道是指……飛鳥小姐……嗎？」

「嗯，她的能力遠超過人類的範圍。然而主人她的存在……該怎麼說呢？很不可思議，很不平衡，也讓人難以置信。雖然日本神話或是聖經的那位男性都是以人類為核心的神群，但是主人卻能稱得上是真正意義的『真面目不明（Unknown）』。」

「……的確，由於飛鳥小姐的根源只能約略看見，所以比其他兩位有更多讓人感到不解的部分。」

逆迴十六夜和春日部耀是跳脫常理的例外，相較之下，久遠飛鳥的力量給人的印象卻是「現存規格裡的例外」。雖然毫無疑問那也是非比尋常的力量，但是和其他兩人的才能相比卻處於不同的層次。

「人家聽說『六傷』的嘎羅羅先生曾經主張飛鳥小姐有可能是『返祖現象』。既然『返祖現象』的對象祖先是神靈，而且還是日本前五大的大財閥……那麼飛鳥小姐的血緣果然和日本的『以人類之姿現世之神』，也就是皇室有什麼關聯……」

「不，那應該不可能。」

阿爾瑪立刻回答，語氣強烈得超乎預期，讓黑兔反射性地閉上嘴巴。

放下茶杯的阿爾瑪繼續說道：

「我明白黑兔小姐妳的意思。但身為日本神話根源的皇室已經在第二次世界大戰終結時舉行放棄神格的儀式……也就是『人類宣言』。」

「YES，人家的兔耳也有聽說過那是為了在戰爭結束後讓自身降格為人的儀式。所以才會推測在那個神格空出來之後，擁有某種血緣關係的飛鳥小姐被選上，難道不是嗎……？」

「嗯，在正常推論下，那應該是恰當的答案吧。主人賦予神格的能力和日本神話群的宗教觀很相近，所以她的力量肯定是以八百萬諸神為原型。」

「那麼……」

「然而如果是那樣，『久遠飛鳥』這個人物應該已經成為日本這國家不可或缺的絕對性存在。然而我最後確認過的人類歷史並沒有那樣的事實和整合——也就是『歷史轉換期』。」

「唔……」黑兔一時無言以對。實際上的確是如此。

如果久遠飛鳥是取代日本神話群核心的存在，這件事應該會成為「歷史轉換期」並進行整合，帶來巨大的影響。

可是這種事實並不存在。

甚至據說在十六夜的時代裡根本沒有名為「久遠」的財閥。

阿爾瑪用手抵著下巴，開始發表她的觀點。

「理當不存在的『久遠財閥』……這個組織在主人的行動下以財閥解體這種形式受到歷史上的修正。所以我原本推測主人的使命是要修正扭曲的歷史，但如果是那樣，星星賜予的力量未免太強大了。」

「唔唔唔……也對。那樣的話飛鳥小姐的力量應該正如當初的誤解，只需要操縱人心的程度就夠了。」

不只是擁有的恩賜，久遠飛鳥本身也非常不平衡。雖然能夠列舉出她被賦予力量的理由，但不管哪一個似乎都沒有切中核心。

黑兔轉著兔耳絞盡腦汁，但無法簡單得出答案。

阿爾瑪以平靜的眼神望著她，有點猶豫地開口說道：

「黑兔小姐。關於主人的靈格，我已經得出一個近乎正確的答案。不過……或許這個解答會為妳帶來痛苦。」

「咦？」

出乎意料的警告讓黑兔繃緊全身。

阿爾瑪眼神裡的緊張也更加強烈，她把身體往前探這麼說道：

「我從主人那邊聽說過黑兔小姐對共同體有多麼犧牲奉獻，說妳為了拯救已經沒落的組織而日夜奔走，不辭辛勞地工作。我想這種奉獻，應該是源自於想要取回失去的旗幟與名號……尋回同志的強烈心情。」

「……是的。人家相信只要和十六夜先生、飛鳥小姐以及耀小姐同心協力，總有一天必定可以取回一切。」

「那麼如果久遠飛鳥這人物本身，就是粉碎妳願望的存在呢？」

這句突然的發言讓黑兔瞪大雙眼。

她沒想到眼神沉靜的阿爾瑪會說出如此不客氣的言論。然而阿爾瑪的視線並不帶敵意，只能看出像是有意試探什麼的神色。雖然這問題如此突兀也算得上冒失，但黑兔並沒有驚慌失措，而是細細思索這句話。

阿爾瑪來找她並不只是為了研究飛鳥的身世。

也為了要和黑兔討論位於根源的大問題。

兩人之間暫時陷入沉默，這時她們才注意到城裡的慌亂已經結束。大概是傷患都安置好，忙碌總算告一段落了吧。

房間裡一片寂靜，要是豎起耳朵，幾乎能聽到窗戶被風敲擊的聲響。

兩人看著對方，沒有任何行動。

接下來黑兔說出口的發言超出了阿爾瑪的預想。

「……這一點，和我等的同志被流放到外界的事情有關嗎？」

「咦……！」

「克洛亞大人有說過他是從外界回來，那麼，就不能否定其他同志也被流放到外界的可能性。所以人家也自認已經明白……同志們活著回到共同體的可能性很低。」

這聲調冷靜得不像是平常的黑兔，讓人簡單就能聽出她的決心。而且，這不是一天兩天的決心。

除非是在組織崩壞後的三年間……都把這種事情視為可能性之一並做好隨時都可以承受的心理準備，否則不可能做出這樣的對應。沒想到黑兔已經覺悟到這種地步的阿爾瑪尷尬地放低視線，一臉歉疚地道歉。

「很抱歉我做出這種像是在試探的行徑。之前看過黑兔小姐氣餒的態度，就以那樣作為基準了。」

「不……沒關係。連人家也嚇了一跳，沒想到自己居然能如此平靜。如果是不久之前的人家，一定會更驚慌失措。說不定這也是主神恩惠產生的效果。」

黑兔露出無力的笑容，伸手抓了抓兔耳後方。她並非沒有受到衝擊或是沒有感覺到動搖，只是現在的黑兔具備能接納這些事實的堅強精神。

阿爾瑪閉上眼睛繼續說道：

「……這樣啊，或許是因為獲得帝釋天的神格並暫時以神佛身分迎向高峰，所以得到了什麼領悟吧。現在的黑兔小姐散發出宛如平靜大海的氣質。」

「這……這實在太抬舉人家了。要不是事前有聽克洛亞大人提過，人家一定還是平常那個手足無措的黑兔。」

「嘻嘻，就當作是那樣吧——那麼，妳的決定是什麼呢？如果我的推測正確……不，我已有九成把握認定這就是正確答案。所以我要基於這前提請問妳，關於被流放到異世界的同志們最後的結果，妳真的能夠接受嗎？」

阿爾瑪再度露出帶著試探的視線。

黑兔點點頭，眼中浮現出彷彿能接納一切的沉靜神色。

＊

——空中堡壘，第三貴賓室。

另一方面，同一時間——

久遠飛鳥、蕾蒂西亞、白雪姬三人得知這次面對阿吉．達卡哈時要採用的整套作戰計畫後，以筋疲力竭般的態度看著彼此並一起休息。

其中以飛鳥的臉色最為蒼白沒有血色，她露出宛如吞了黃蓮般的表情，握緊雙手。若是平常總是容易激動的她，早就已經直接表達不滿了吧。

飛鳥咬著嘴唇讓自己冷靜，同時向蕾蒂西亞發問：

「……真讓人難以置信。剛剛那作戰是認真的嗎？根本就是瘋了。真的可以相信她嗎，蕾蒂西亞？」

「嗯，特別是在估計勝算的技能這方面，拉普子是箱庭最強的頭腦。」

「唔，既然是『拉普拉斯惡魔』制定的戰略，那麼也只能相信。雖然這作戰對飛鳥會造成很大的精神負擔……」

白雪姬以嚴肅表情同意蕾蒂西亞的意見。實際上飛鳥的任務卻比白雪姬的講法更為重要，而且還可說是個不人道的作戰。

「……對殘存戰力賦予模擬神格。雖說火龍、鬼種應該能承受到一定程度，但到最後究竟有多少人能繼續戰鬥下去呢……」

「白雪。」

蕾蒂西亞開口制止後，白雪也愣了一下趕緊摀住嘴巴。

飛鳥的表情更加嚴肅。

模擬神格是損耗自身生命以獲得神格等級力量的雙面刃。被賜予這恩惠的對象會以削減生命作為代價，得到強大力量。

（以前的飛鳥是為了改變對方意志而使用這力量，因此無法發揮出模擬神格的效果。如果對象擁有的意志和獲得的神格一致，那麼提昇的靈格確實很驚人。）

戰略上或許是必要的行為。

然而實際執行的久遠飛鳥還只是十五歲的少女。

她過去必定未曾想過，有一天自己必須下達要別人前往死地並賭上生命戰鬥的命令。對於年輕的飛鳥來說，這是過於沉重的責任。

「……蕾蒂西亞，無論如何都必須使用這個作戰嗎？」

「嗯。無論是要打倒還是要封印阿吉．達卡哈，首先都必須逼那傢伙耗掉龐大靈格……不，該說是質量會比較好理解嗎？總之必須先逼他用出所有質量。」

「而且也需要能對付大量分身的戰力，為了準備這些戰力，飛鳥妳賦予模擬神格的能力正是不可或缺的要素。雖然強迫還年輕的妳執行這種作戰讓人很過意不去……但也沒有其他更具備建設性的方法。反過來說，只要有這個作戰，就能大幅提昇勝算──」

「不，光是那樣還不夠。」

從貴賓室的門外傳來打斷白雪姬發言的男性聲音──是曼德拉的聲音。

這突然的聲音讓女性們一時警戒，但房門外很快傳來有點過意不去的道歉。

「不好意思，原本我是為了討論作戰而前來，結果卻成了偷聽。」

「……不要緊，畢竟和你們也有關。」

雙方的語氣都很生硬。因為一旦開始戰鬥，要賭上性命的正是他們。

彼此都各有想法吧。

獲准入室後，曼德拉並沒有坐下，而是端正姿勢直接以站姿開口：

「關於接下來的作戰計畫，我等『Salamandra』想對『No Name』提出一個議案。」

「對象是我嗎？」

「不，是蕾蒂西亞小姐。」

這出乎意料的要求讓飛鳥驚訝地移動視線。

然而蕾蒂西亞似乎已經預想到這件事，額頭上微微冒出冷汗。

「曼德拉兄，難道你是指……兩百年前的那場戰役嗎？」

「沒錯，不愧是經歷過兩百年前戰役的人，這麼快就已經理解我的來意。我想要再次借用妳的力量，身為箱庭騎士——吸血鬼的力量。」

曼德拉這句聽起來別有含意的發言，讓察覺狀況的飛鳥和白雪姬一起倒吸了口氣。

——想借用蕾蒂西亞身為吸血鬼的力量。

這句話只有一個意義。

「你……你該不會是想要讓『Salamandra』的同伴變成吸血鬼吧！」

「真是愚蠢！『吸血鬼化』只是比較好聽的講法，實際上那幾乎等於墮落成屍鬼(Ghoul)，換句話說是禁忌之術！無論如何都不是正道的恩惠，你打算汙辱自身擁有的最強種血統嗎！」

「那種事我很清楚！」

面對激動的白雪姬，曼德拉也毫不示弱地大吼。

「賦予模擬神格……那的確是巨大的力量。然而要是沒有強韌的肉體或靈格，根本無法長時間承受。結果就是會造成主力必須想辦法短期決戰，選項也會變少。那樣一來，只會加重最前線的負擔。」

「……這……」

白雪姬無言以對。

原本三頭龍就是強度在眾人之上的敵人。為了將勝利導向我方，遊戲掌控必須極為精準。

「然而身為龍種的我等只要透過吸血鬼化來獲得更大的力量，就能在被賦予神格的狀況下長時間戰鬥。一旦靈格累加到那種程度，就算是平庸的我……說不定也能稍微反擊三頭龍。」

既然連巨人族在吸血鬼化之後都可以提昇那麼多戰鬥力，大型的火龍或是血統較純的成員想必能獲得水準相當高的力量。

不過正如白雪姬所說，那並不是正道。

為了勝利而涉足邪道者必定會遭到報應。

知道事後會留下什麼禍根和詛咒的蕾蒂西亞重重嘆了口氣，不客氣地看向曼德拉。

「……曼德拉兄，你也打算吸血鬼化嗎？」

「當然。由於珊朵拉下落不明，前線應該會由我來負責指揮。所以不能只有我一個人迴避詛咒。」

「你的心態值得讚許，但你開口前有先弄清楚意義吧？這次的吸血鬼化有可能真會成為導致『Salamandra』毀滅的契機喔。」

蕾蒂西亞反問的態度像是有意再度警告。

對這種表現方式感到不解的飛鳥微微歪了歪腦袋。

「蕾蒂西亞，妳這番話是……什麼意思？不是只會造成性命危險嗎？」

「其實相反。正如曼德拉兄所說，吸血鬼化之後，肉體和靈格將會大幅提昇吧。然而這必須付出代價。而這個代價……正是當初造成『Salamandra』衰退的真相。」

「雖然拉普拉斯並沒有解釋清楚，但我等『Salamandra』過去面對的危機還包括了其他方面。除了死者眾多，更嚴重的問題是……吸血鬼化之後會變短命，還有火龍的出生率會降低到百分之一，這才是直接的原因。」

飛鳥的臉上充滿訝異。

比起在戰鬥中殞命，眼前有著更貼近日常的現實。

吸血鬼化的最大代價——就是喪失生殖功能。

如果只是一個世代變短命，那麼從民族角度來看還能夠補救，但失去生殖功能可就另當別論。尤其是對於身為少數民族的火龍來說，這是比瘟疫更可怕的威脅。

「聽說現存的火龍共約五千隻，然而兩百年前應該有三倍左右的數量……雖然有許多人的確是死於兩百年前的戰役，但總數減少的最大原因果然還是因為吸血鬼化造成的不孕、短命詛咒吧？」

「……沒錯。如果還要補充說明，那就是吸血鬼化的成員若要長生，無論如何都必須吸食同族的血。雖說拒絕這樣做的人也可以活個數十年……然而我等一族原本就是靠長壽來彌補個體數少和出生率低的問題，因此這兩個詛咒非常致命。」

結果造成「Salamandra」的組織力大幅減少。

因為固有民族的總數減少會直接導致整個組織的力量降低。

「曼德拉兄，我希望你再好好考慮。我可以退讓一百步，協助火龍化為吸血鬼。但是既然珊朵拉下落不明，負責領導一族的你也吸血鬼化，就會導致『Salamandra』首領的血脈斷絕，共同體實際上也等於瓦解……還是你打算去拜託已經離開的莎拉回來嗎？」

蕾蒂西亞看著曼德拉，語氣強硬。這也是在詢問他是否有身為組織領導人的自覺。

「Salamandra」這組織就是已經走上了這等絕境。

失去首都，失去許多同志，要是再失去基本依靠的最強種血脈，「Salamandra」這組織一定會半途瓦解吧。

考慮到戰後的重建，曼德拉．特爾多雷克無傷存活是最低條件。

（組織的繼承人……對此事的自覺……）

飛鳥看著彼此瞪視僵持不下的兩人，狠狠咬牙。無論背後有什麼理由，自己都是逃離那環境的人。雖說被視為迷惑人心的魔女並受到眾人畏懼，但實際上她也被期待為能率領財閥的人選之一。

所以拋下一切逃到異世界的飛鳥對眼前兩人的爭論，完全沒有插嘴的權力。

曼德拉和蕾蒂西亞互相以強烈眼神瞪著對方。

讓人意外的是，先垂下視線還嘆口氣的人是蕾蒂西亞。

「……我實在不懂，曼德拉兄。你曾經為了組織繁榮而甚至不惜利用魔王吧？那麼『Salamandra』的光明前程應該才是你的願望，有錯嗎？」

「這個願望並沒有改變。」

「那麼首先你該珍惜自身，現在只有你身上具備的血統是『Salamandra』的未來。考慮一下知道在勝利後卻沒有未來會讓同志們產生什麼樣的心情吧。」

蕾蒂西亞的語氣與其說是指責，還不如說是在勸告。畢竟她和「Salamandra」也是老交情，因此想盡可能避免做出會完全摧毀復興新芽的行為。

正因為理解蕾蒂西亞的心意，向來激動的曼德拉也沒有以怒吼對應。若不是她在自己出生之前就已經和共同體有所往來，不會像這樣特地說明得如此詳細吧。

「……其實來這裡之前，我已經去找拉普拉斯確認珊朵拉的生死。」

「這……結果如何？」

「拉普拉斯表示，珊朵拉被混世魔王支配的原因……全是因為我等『Salamandra』作為一個組織，卻處於不安定的狀況。」

「……嗚……！」

混世魔王——會在百姓因為國家動盪或世間混亂而更加不安時出現的放蕩惡神。考慮到「Salamandra」的情勢，混世魔王的出現可說是理所當然。

「想要解放珊朵拉，有兩個必要條件。一個是珊朵拉本人在身心雙方都有所成長，獲得足以統整混世的王者器量。另一個方法則是身為對象的組織要團結一心，共同導正混世，並討伐混世魔王。」

「……所以你才要貶低自己的血統？」

「沒錯，雖然『Salamandra』裡有不少英傑，但也有不少人想法天真。就是一些即使到了這種地步，還想把我推上首領地位，讓『Salamandra』繼續苟延殘喘的傢伙。那些傢伙要是知道我失去生育能力，應該就會去拚命救出珊朵拉吧。」

講到這邊，曼德拉突然面露苦笑。

或許那是對他本身的自嘲。

「我們一直讓珊朵拉……過著可憐的日子。離開組織的姊姊，龍角因病而從根腐爛的無能哥哥。明明年紀相差一百歲卻是這種樣子，她肯定認為家人都很沒有用。要說我能做什麼事，只有幫珊朵拉守住首領的位子。」

龍角從根腐爛——與其說是病症，更像是一種發育不良。

對龍種來說，角等於獅子的牙，或是鳥類的翅膀。

即使不會致死，但在要求必須具備才能的血統裡是要命的缺陷。因為他在出現這症狀的同時，就不得不放棄繼承人的位置。

「蕾蒂西亞小姐的忠告非常正確，然而那種微小的希望只是一時的假象。追本溯源後，我等『Salamandra』的血統來自龍王。所以會以咆哮來擊破試圖支配組織的陰影——就算那咆哮將成為臨終前的最後怒吼也一樣。只要我等的聲音能傳達給珊朵拉，在遙遠將來，總有一天『Salamandra』會再度從星之深淵裡復甦吧。」

「Salamandra」——魔王「太歲」的子孫，也是赤道龍的化身。

他的雙眼正在訴說，縱使太陽的軌跡總會下沉，但黎明也絕對會到來。

感受到鋼鐵般決意的蕾蒂西亞望向曼德拉的雙眼——露出似乎帶著點懷念的笑容。

「……嘻嘻，你在第一百年成為戰士了呢，曼德拉。要是看到現在的你，金絲雀也會很高興吧。」

「這倒難說。畢竟金絲雀老師的反應很難預測，說不定她會先抱著肚子大笑一陣之後，才給個及格分數隨便打發我。」

「不不不，金絲雀很看好小時候的你，她說過『小曼很優秀所以有好好鍛鍊的價值』。你無法成為成龍實在讓人遺憾。」

蕾蒂西亞嘻嘻笑著，以小時候的綽號稱呼曼德拉。

聽到這實在不適合的暱稱，讓飛鳥和白雪姬帶著尷尬表情看向對方。

至於當事者曼德拉則是繃著臉，以沉默混過這個話題，然後才故意咳了兩聲，開口尋求回答：

「哼……我等的情況就是如此。那麼在此想重新對『No Name』提案，希望能授予我等吸血鬼的恩賜。」

「了解，但是對象至少必須擁有一絲人類血統，我才能夠將其吸血鬼化。」

「沒有問題，雖然是遠緣，但據說初代大人的配偶是人類。火龍的血脈裡應該還殘留著一些血統。」

「那麼立刻開始準備吧。需要一點時間血液才能互相適應，目前時間寶貴。」
蕾蒂西亞說完就立刻起身。
旁聽兩人對話的飛鳥深刻感受到自己的決心實在太過天真。
（每一個人都賭上許多事物去戰鬥……）
那麼久遠飛鳥又如呢？自己的戰鬥理由——究竟有沒有配得上這些決心的價值呢？

＊

——空中堡壘，第二貴賓室。
「…………………好～慢～」
春日部耀獨自坐在輪椅上，鼓著雙頰鬧彆扭。
因為房間裡只有她一個人，沒人能和她聊天。講到能做的事情，頂多就是把輪椅的輪子當成玩具轉來轉去，這種行為只有一點點樂趣。
不，這不是問題的重點。
把「生命目錄」交給克洛亞後，已經過了好幾個小時。耀原本還想和他商量一下十六夜、飛鳥以及黑兔的事情，對方卻完全沒有要回來的跡象。結果，她在這幾小時內只能一個人嘎吱嘎吱地玩輪椅，而且沒想到還挺好玩，讓她感到很不甘心。

不，這不是問題的重點。

（我也沒聽說作戰開始的時間。因為這樣所以我無法離開房間，也沒空吃飯，而且還沒有人過來看我。）

嘎吱嘎吱嘎吱……她坐在久違的輪椅上往前移移又往後動動。

耀本來想乾脆坐著輪椅去城裡到處尋找克洛亞，但是又想到很有可能會迷路，最後決定放棄。

她無所事事地繼續玩輪椅時，總算感覺到門外有人的動靜。

「……以上就是詳細情況，行動時可別疏忽大意。畢竟根據你的表現，也還有一絲能完封勝利的可能。」

「我知道，同樣的事情不要嘮叨那麼多遍，死神。」

那是聽起來就很可疑的老人聲音，還有到現在甚至已經感到懷念的聲音。

耀忍不住推動輪椅的車輪往外移動。

「十六夜！你沒事嗎！」

砰磅！她推開房門衝出去。

十六夜先表現出有點訝異的反應，才一如往常地呀哈哈笑著點頭。

「嗨，妳看起來……不能算是不錯。果然無法走路嗎？」

接著他收起笑容，換上嚴肅表情發問。十六夜應該也已經聽說過耀無法走路的消息。雖然對上這種帶著一絲憂慮的視線，但耀還是以天生的好勝心來奮力鼓起幹勁。

「沒問題，只要『生命目錄』復活，我也會恢復健康。這次一定能並肩作戰……對吧，克洛亞先生？」

「當然，我會按照約定把『生命目錄』還給妳。但是在那之前有些事情得先問清楚，可以嗎？」

「……是。」

「是嗎？那我就直截了當地問吧。我想妳已經聽說過關於『生命目錄』和妳雙親的事情……那麼妳應該也有隱約察覺出這是讓什麼樣的恩惠具體化的東西吧？」

春日部耀輕輕點頭回應克洛亞的發言。

她聽說過「生命目錄」是為了對抗魔王而製造的恩賜，也知道這是否定創造論的恩賜。在三名問題兒童中，出身於最未來時代的春日部耀知道其他近似其本質的技術。

「……我知道。因為在我們的時代裡，創造論和進化論是可以並列思考的東西。」

從耀的回答中獲得正面反應的克洛亞加強語氣繼續追問：

「果然是那樣嗎……那麼我想再問一件事。你們的世界——不，在你們那個時代真的沒有獅鷲獸嗎？」

「嗯。不過現在回想起來，或許能夠靠人工製造出獅鷲獸也不一定。即使受到國際條約的禁止，但只要使用那個技術，我想應該可以辦到這種程度的事情。」

「……這樣啊。多虧有妳，讓我長年的疑問終於獲得解答。妳的時代一方面是個似是而非的時代，卻又大幅偏離時間流的匯聚點，換句話說，或許已經成了例外的世界。我在外界經歷過的一連串事件，在妳的時間流裡恐怕並不存在吧。雖然只是偶然，不過在觀測到的時間流中無論是技術和倫理觀念都擁有出類拔萃的完成度，因此更讓人覺得惋惜——」

「嘿！」

砰！十六夜以手刀擊向克洛亞的圓頂硬禮帽。

難得這麼嚴肅的克洛亞因為突然的襲擊和衝擊而眨了幾次眼，才以帶著責備的眼神瞪向十六夜。

「……有事嗎，十六夜小弟？」

「還問我什麼有事嗎？就算我大略能夠推測，但你還是該提出連我也能聽懂的說明。」

十六夜以手扠腰，不耐煩地回話。

克洛亞扶正圓頂硬禮帽後，轉開視線表現出思考幾秒的反應，接著搖了搖頭。

「現在還不是時候，我說過要先打倒阿吉．達卡哈吧？」

「……哼，在我面前講了那麼多類似話題，然後再要我忍耐，這種做法實在讓人難以苟同。」

「你的主張雖然沒錯，但我的疑問可累積了幾百年，你就寬大一點吧。只要你們能打倒阿吉．達卡哈，我就會坦白一切。」

到頭來還是這種結論。

如果魔王阿吉．達卡哈是「末世論」的化身，那麼春日部耀的存在就會成為頭一個讓人起疑的問題。她很少提及自己原本的時代，但可以從偶爾透露出的一些訊息輕易推論出耀是從遙遠的未來被召喚至箱庭。

假設她所在的未來避開了末世論，那麼能成功迴避的理由應該正是能揭發阿吉．達卡哈靈格真相的關鍵。

（不過現在沒空去想多餘的事情。雖然阿吉．達卡哈和這段因果關係都讓我很介意，但他不是分心去想其他事情還能打贏的對手。）

十六夜集中精神。雖說當時身受重傷，不過在一對一決鬥中自己根本無計可施。要是心有雜念，應該會反遭對方打倒吧。

他結束話題，把身體靠到牆上。

克洛亞正打算拿出「生命目錄」，這時另一頭的走廊突然傳來一陣吵雜聲。

「還……還不可以起來啊，傑克先生！這種傷勢無法戰鬥！」

「……沒問題，因為我是不死身。莉莉小姐請去照顧其他重傷者吧。」

出現兩個熟悉的聲音和認識的名字。

三人看了看彼此，迅速移動到旁邊那條走廊。

眼前出現的光景是全身包著繃帶還無力靠在牆上的傑克，以及試圖阻止他的狐狸少女莉莉。

不需說明，就可以明白兩人為何爭論。

聽到對話的十六夜邊搔著腦袋邊走向傑克，臉上掛著一如往常的輕浮笑容。

「喲，之前真是謝謝你那麼晚才插手，傑克。這是我第一次看到你的人型，好像比南瓜模樣更不方便嘛。如果你願意老實回到病房，我可以出借我的肩膀喔。」

「……十六夜先生，你已經可以起來了嗎？我想你的傷勢應該比我嚴重才對。」

「不必擔心，如你所見，我現在活蹦亂跳。是說平常的言行果然很重要呢，因為順道做了點小事而獲得的獨角獸之角帶來戲劇性的恩惠，連那種重傷也能恢復成這個樣子。不過很遺憾，只能準備一人份。」

在傑克想說什麼之前，十六夜已經先把話堵死。

被看透的傑克只能帶著苦笑搖頭。

「這樣啊……我也很想在病房裡休息，但是身為主辦者之一卻背對敵人，實在太難看了。」

「這次的狀況哪能讓你講這種天真發言啊……不過呢，說到我個人的感想，你的遊戲本身真的非常——能刺激我的求知欲和好奇心，簡直到了讓人口水直流的地步。所以不能在這種時候失去像你這樣的人，這次就乖乖交給我們處理吧。」

十六夜笑著擺出受不了傑克如此堅持的態度。以他來說，剛剛這番話裡很難得地有一半以上都是真心話。

既然這遊戲能探究傳說中的獵奇殺人鬼兼真面目不明的犯人——「開膛手傑克(Jack The Ripper)」的真實，當然會讓十六夜感到很興奮。要不是已經結為同盟，說不定他甚至會想要乾脆故意和傑克敵對。

然而即使先不管這些好奇心，失去傑克的確會讓人感到惋惜。

這番話非常足以推論出，自稱是快樂主義信奉者的逆迴十六夜給予傑克多高的評價。

旁觀的耀也推動輪椅過來加入勸告。

「傑克，十六夜說得對。萬一你死掉，會讓很多小孩傷心。因為現在的你不是殺人鬼傑克，而是小丑傑克。」

「傑克南瓜燈(Jack O' Lantern)」。

是萬聖節時大受歡迎的人物，也是一直受到孩子們喜愛的南瓜妖怪。不分共同體內外，都有許多他的支持者。飛鳥也是其中之一。

要是他真的不幸喪命，一定會有許多孩子哭泣。

「傑克先生……」

莉莉也抓住傑克的手，希望他能乖乖回房。

受到三個人以三種不同方式勸告的傑克似乎很痛苦地閉上眼睛。

過了一會，他突然發出像是在自嘲的大笑聲。

「……哈哈，小丑傑克嗎？如果那是真正的我，該有多好。」

「咦？」

「十六夜先生，春日部小姐，還有莉莉小姐。我殺了很多人，包括少年、少女，還有年幼的嬰兒。不是為了什麼大義才殺人，只是為了滿足自己的創作欲望。」

「……咦……！」

「把哭著找爸媽的年幼小孩從肩膀砍下整隻手臂拿來作成拱門，把帶著死亡表情的頭顱一個個排起當成吊燈般掛起，把這些人臨終的慘叫當成搖籃曲入睡。如果這就是在轉生前實際存在的『傑克』這怪物的原點……各位還會願意認為我是個小丑嗎？」

三人都無言以對。別說這些極為殘酷邪惡的犯行，連他口中敘述的「傑克」形象，都讓人無法和現在的傑克產生聯想。

在蕾蒂西亞化為魔王襲擊「Underwood」那時，傑克一馬當先地趕往空中堡壘，並保護孩子們。

在珊朵拉落入混世魔王手中那時，那惡行也讓傑克打心底發怒並挺身戰鬥。

愛護兒童，也受到孩子們喜愛的南瓜妖怪。

他靈魂的原點居然是以殺害少年少女為樂的殺戮者，這點連十六夜都沒有預料到。克洛亞把圓頂硬禮帽往下壓了壓。

「……原來如此，『傑克南瓜燈（Jack o' Lantern）』的傳說中記載他曾經多次轉生。其中的共通點是『轉生前的傑克是個無可救藥的惡徒』。第二次人生也是一樣，向聖人保證會在下次人生改過自新的傑克在重生之後，依然沾染惡行。」

「沒錯，那就是讓倫敦陷入恐怖的『開膛手傑克』的真面目，也是我無法完全抹去的血腥過去。」

傑克先看向包著繃帶的雙手，接著用雙手蓋住臉。

他那具備人類體溫的身體微微發抖，然後靠向牆壁無力地往下滑。

「因為被我欺騙而非常憤怒的聖彼得把我丟進無的境界。沒有生也沒有死，沒有光明也沒有黑暗，是無間的宇宙。」

「…………」

「身處連消滅都不被允許的無間中，在幾乎連自我都快要融入宇宙的漫長時間裡持續徬徨後，有一個女孩送給我小小的燈火。那是才剛誕生的幼小惡魔……我的主人，從半星靈候補中落選的維拉·札·伊格尼法特斯。」

身為生與死的惡魔，由大地氣息化為實體的少女。

雖然和誕生自星球深淵的齊天大聖相比，維拉並不具備那種水準的靈格，但她確實是星辰產出的庶子之一。

「想脫離無間宇宙的我懇求剛出生而且也什麼都不懂的她，總算回到黃泉。在無間裡度過連魂魄外殼都幾乎消失的漫長時間後，我看到還是剛出生嬰兒的維拉露出天真無邪的笑容……這時總算徹底醒悟，明白過去的我——到底是做了什麼可怕的勾當……！」

傑克耗費幾乎讓魂魄失去外殼的漫長時間來洗淨自己的瘋狂。如果以人類的時間觀念來看，那應該是近乎永遠的時間吧。結果，傑克才能站在第三者的立場，客觀審視處於無間內外的自身。

那個身處血雨，玩弄悲嘆，享受絕望，和自己擁有同樣長相的某人。

回歸正道後，他必須面對比無間更嚴苛的地獄。

因為擺脫瘋狂後才終於理解的罪孽，已經深重到即使他付出一輩子也無法徹底償還。

「只要變成人型……我就會作夢。夢到以前的我殺死維拉、愛夏，以及飛鳥的模樣，還有再三玩弄汙辱她們屍體的情況……！」

或許這些惡夢才是聖彼得對傑克的懲罰。

強迫擺脫瘋狂的善良自我必須去面對這種沉醉於瘋狂的邪惡自我。

對於現在的傑克來說，肯定沒有更痛苦的折磨。

「即使用上一輩子，也無法還清我的罪孽。所以我才會發誓，發誓要成為幽鬼……付出永遠的時間來償還。在維拉給我南瓜面具時，我曾經如此發誓。要戴上南瓜穿著破布，靠著讓上萬笑容綻放來償還造成上千嘆息的罪過。也發誓如果出現阻礙者……會把自己的一切存在作為武器，挺身戰鬥。」

傑克抬起頭，眼裡帶著混雜了各種感情的決心。

沒有人試圖繼續阻止他。不，是所有人都明白阻止他只是在白費力氣。既然這個男人已經為了孩子們的笑容而奉獻出永遠，進一步的制止行為根本沒有意義。
春日部耀低下頭不知道該說什麼，克洛亞・巴隆把圓頂硬禮帽往下壓，莉莉臉色蒼白地不斷甩著兩條尾巴。
只有一人……逆廻十六夜面無表情地直直看著傑克的眼睛。
「────」
聽完這番往事後，依舊不帶表情的十六夜撐起傑克的肩膀扶住他。雖然十六夜平常感情豐富，但現在卻完全看不出來他在想什麼。是因為得知傑克的過去而感到憤怒嗎？還是感到唾棄？或是產生了其他感情？把傑克扶起來後，十六夜暫時動也不動地站在原地……之後他突然喃喃開口，像是注意到什麼。
「……傑克。」
「是。」
「我尊敬你。」
──咦？傑克發出小小的驚叫聲。
他睜大雙眼，懷疑十六夜剛剛到底有沒有把話聽清。
十六夜口中說出的發言就是如此出乎意料。
「十六夜先生……這……」
「你別搞錯。要是我曾經碰到過去的你，肯定早就把你幹掉。關於你犯下的罪孽和受到的

懲罰，我沒有一絲一毫的同情。」

根據十六夜的信條，少年少女是社會上的弱勢。他們處於尚未理解世間道理的時期，因此也不需背負起善惡的責任。若有人虐殺這種純潔且無力的幼兒，那麼連指責的話語都可以直接省略。

他應該會不由分說地用能夠撼動星辰的拳頭痛毆對方吧。

因此十六夜之所以講出「尊敬」，是針對傑克試圖償還罪孽的態度。

「所謂的人類啊，是種對自己很寬容的生物。即使心裡明白必須償還，還是會想要逃避現實……算了，我不會說那樣是錯的。因為無論說多少好聽話，實際上也只有自己能保護自己的人生。就算要點任性，閻王大人應該也會原諒吧。所以我並不是對這部分感到佩服。」

「…………」

「讓我感到佩服的是……該怎麼說？明明知道那是無法徹底償還的罪孽，依然為了清還一切而持續戰鬥。這不是每個人都能做到的事情。因為對你來說，持續戰鬥就等於會永遠被惡夢糾纏。」

為了年幼孩童而持續戰鬥的決心。也就是每當有強大敵人出現，傑克就必須恢復成殺人鬼的模樣。同時，這也代表他必須永遠面對那些惡夢。

——希望孩子們能擁有充滿幸福的未來。

持續面對光是回想起來就幾乎讓人崩潰的痛苦與過去，而且沒有逃避自身的罪孽而堅持去補償、去祈願的那種決心，這才是讓十六夜感受到光輝的部分。

「傑克，我已經很清楚你的決心了。我會去和其他主力說明，不會讓任何人再有意見。」

「……真的可以嗎？」

「嗯。要是有機會，你甚至可以想辦法砍下那蜥蜴的一顆腦袋。畢竟對手是『絕對惡』的神，說不定能讓惡夢的刑期縮短一些喔。」

十六夜呀哈哈地開著玩笑。

傑克到這時才終於放鬆表情，也同樣以輕鬆語氣回應。

「呀呵呵……嗯，這提議不錯。我也不想一直受到彼得那色老頭的限制，若能服滿刑期斷絕關係，那是最好。」

「……他是個色老頭嗎？」

「嗯，畢竟我轉生時……不，還是別提了。」

傑克的眼神突然飄向遠方，大概是有什麼不愉快的回憶。

然而狀況絕對不能樂觀看待。

春日部耀回頭看向克洛亞，伸出右手。

「大家都抱著各種決心參戰，不能只有我原地踏步。」

「……是啊，下次開戰時，會需要妳的力量和『生命目錄』吧。」

克洛亞從胸前拿出「生命目錄」遞給耀。

收下「生命目錄」後，耀仔細感受著全身逐漸充滿靈格的感覺，並握緊手中的項鍊。原本無法動彈的雙腳也能用力了。

在力量湧上全身的同時，耀感覺到胸口出現一股懷念的溫暖。

「……是嗎，是爸爸幫我修好了『生命目錄』。」

「呃……這個……！」

「沒關係，我明白。畢竟現在是這種事態，爸爸有他必須去做的事情，所以我也要去面對我自己的戰鬥。」

耀把「生命目錄」貼向胸前。

父親在附近，還為了同一個目的奮戰。光是這個事實，就讓耀露出開心的笑容。

看到她的笑容，克洛亞·巴隆暗中下定決心。

等這場戰役結束後……就算必須在脖子上套了繩索硬拉，他也要把那個沒用的父親帶到這女孩面前。

幕間 2

——空中堡壘，最上層的陽台。

黎明前的風吹過，讓掛在城上的旗幟也隨之飄動。只要再過一小時，太陽就會從地平線升起，宣告夜晚結束吧。

城堡剛被召喚時只有三個主力共同體的旗幟，但現在卻不同。

「Will o' wisp」的蒼炎、「Salamandra」的火龍，還有表明參戰的其他所有共同體的旗幟全都充滿氣勢地飄揚著。

連下方的阿吉・達卡哈應該也能看到這個光景。

即使面對最強的弒神者，數十面旗幟仍舊堅持絕不後退的景色只能用壯觀來形容。若想打出名號，大概沒有其他機會能更有效果。

這次確實夠格被稱為一生一度的光榮舞台。

然而在這些旗幟排成的戰列中……缺少一面旗幟。

「…………」

黑兔獨自站在最上層的陽台，抬頭仰望旗幟。

她一反常態地露出有些落寞的表情，也一反常態地嘆了口氣把身體靠在欄杆上。

「……明明即將投入賭上性命的大決戰，卻沒有能夠鼓舞士氣的旗幟，實在是欠缺關鍵意義。各位真的能接受這種情況嗎？」

黑兔把視線投向陽台的入口。

逆廻十六夜、久遠飛鳥、春日部耀三人各自帶著不同表情對她點頭。

「畢竟我們終究只是個『無名』共同體。即使在大舞台上賭上了性命，也很難名垂後世吧。」

「是啊。雖然在這種大舞台上沒辦法表明參戰的確會讓人感到遺憾……」

「……但這次的戰鬥並不是為了宣揚名聲。」

所謂戰鬥，並不是只為了名譽。有時是為了做該做之事，打倒該打倒的敵人。

「人類最終考驗」——作為「不共戴天之敵」而重新現世的魔王阿吉・達卡哈宣稱他自身是降臨到世上萬物的災厄。

目標包括生命、都市、文明、繁榮、秩序、犯罪，以及社會矛盾。

他是對世上的正義露出獠牙，以粗暴不講理的地獄來吞噬醜惡地獄的魔王。

將會宛如風暴、宛如海嘯、宛如雷雨那般，毫無區別地襲擊世上一切，也是具備意志的「天災」。

「世界之敵……嗎？這敵人聽起來好像很了不起，不過要做的事情和以往一樣吧？畢竟現在的『No Name』正是為了打倒魔王才重新開始活動。」

「話雖如此，還是不免感到遺憾。要是聯盟旗已經做好，現在就不會遇到這種狀況。」

「如果已經締結聯盟，這次就是出道戰。那個蜥蜴魔王大人真是不會挑時機。」

「真的是……」三名問題兒童同時點頭。若是平常，黑兔應該已經揮動紙扇並大吼：「現在哪是開玩笑的時候啊！你們這些大傻瓜！」但是黑兔卻望著三個問題兒童，回想起阿爾瑪特亞做出的結論。

「——我推測久遠飛鳥是被流放到異世界的前『No Name』成員的子孫。」

阿爾瑪特亞講出這句話時，語氣中包含了不符合她冷靜性格的熾熱情感。

她的推測如下：

原本的時間流裡並沒有「久遠財閥」這個大財團。根據飛鳥所說，久遠家似乎是從以前經營到現在的商人家族，但如果只是這樣，根本是個常見的家族。講難聽一點，和路邊的石頭沒什麼兩樣。

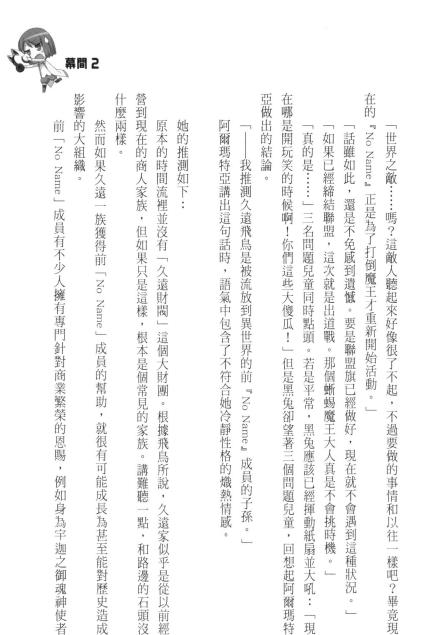

然而如果久遠一族獲得前「No Name」成員的幫助，就很有可能成長為甚至能對歷史造成影響的大組織。

前「No Name」成員有不少人擁有專門針對商業繁榮的恩賜，例如身為宇迦之御魂神使者的莉莉她母親。如果推論那些成員的血緣以各種形式混入久遠家，並把第二次世界大戰結束作為契機引發返祖現象，那麼一切就能夠說得通。

（不管是十六夜先生、飛鳥小姐，還是耀小姐……都不是因為偶然才會被選中並召喚至此呢。）

為什麼之前一直沒察覺呢？明明他們的靈魂正確繼承了黑兔崇拜對象們的靈魂，並且散發出光輝。

深謀遠慮，一直引導共同體走在正道上的金絲雀。

擁有許多異種族的朋友，在外交上支撐著組織的孔明。

從農園開始，在土地和設施等方面做出貢獻的許多伙伴。

他們的集大成——他們的軌跡所留下的人才，正是來自異世界的三名問題兒童。

（莉莉和年長組的孩子們或許會傷心……但，他們一定能夠理解。）

覆水難收，破鏡也無法重圓。「No Name」大概不可能再取回過去的形式。

然而即使如此，依舊能在新的容器裡注入水。

黑兔把手放到胸前，下定一個決心。

（如果能平安戰勝這場戰鬥……到時候，人家一定要主動開口。）

她豎直兔耳，鼓起幹勁。

最終作戰大概還有三十分鐘才會開始。

四人並不是為了哀嘆自己沒有旗幟而借用陽台。是飛鳥提議為了振奮精神應該來開個小茶會，所以他們才前來這裡。

黑兔把手伸向裝有茶具的推車，讓自豪的……

「貓耳！」

貓耳搖來搖去——

「……貓耳？」

貓耳？什麼這是怎樣那個到處諂媚的獸耳是在找高貴兔耳的麻煩嗎沒問題如果真是那樣的話這挑戰不論多少次人家都會收下……抱著這種心思的黑兔看向三名問題兒童。

然而，眼前卻存在著超乎她想像的事物。

「好……好適合喔！十六夜同學！真的好適合你！如果要借用春日部同學的講法，就是『超Good Job』！」

「不，不是，飛鳥。這已經超越了『超Good Job』。這正是超越『Giga Good Job』、『Tera Good Job』、『Omega Good Job』的究級Good Job——『UT‧GJ（Ultimate Good Job）』！」

「妳們有夠吵。」

久遠飛鳥抱著肚子大笑，春日部耀卻是一派認真。

逆迴十六夜——更正，貓耳十六夜擺出不以為然的態度看著她們兩人。

「什……什麼……！」

這超乎想像的光景讓黑兔的腦袋一片空白。

不知何時，十六夜頭上已經戴著被召喚來的貓耳耳機。應該是在黑兔緬懷過去時戴上的吧……但這並不是問題的重點。

貓耳耳機戴在十六夜頭上，顯得極為適合。

原本他就有一頭容易外翹的頭髮，再加上因為不高興而微微瞇起的雙眼以及他本人的內心性格與微傲嬌的角色特性也共同引起化學反應，在黑兔的內心深處挖掘出未知的衝擊。

「這……這心跳的感覺到底是怎麼一回事呢……！面對身為兔耳代表無論如何都該提出抗議的這種狀況，不知為何內心卻抱著想要隨波逐流的念頭……！這……這種未知的衝動到底是……？」

「那就是『萌』啊，黑兔。」

萌？ＭＯＥ？

箱庭大全：所謂「萌」，是指新芽冒出地面生長的樣子。那正是能建立新世界並導向天地創造的新境地，也是宇宙論的一種。

「怎……怎麼會這樣……人家終於也大徹大悟，到了能獲得自身宇宙論的地步了嗎……！可是契機卻是競爭對手的貓耳！這是何等諷刺……！何等屈辱……！」

「──我明白了，妳們幾個女生快點從異世界回來吧。」

十六夜很無奈地嘆了口氣。雖然對於自身最近漸漸略微傾向吐嘈專家的狀況產生危機感，

但同時也露出自嘲笑容，覺得現在的自己其實也不錯。

要是這種胡鬧般的人際關係能一直持續下去就好了……十六夜心裡抱著這種過去絕對不會產生的放鬆想法。

如果真能實現……希望這場戰鬥後，還能繼續過著這樣的日子。

第三章

——於是，漫長的夜晚結束。

乾燥的風掃過無人的尖塔群。黎明即將到來，夜晚和白天的溫差讓風勢變得更強。月亮灑下的皓白光芒也慢慢消失。

街上充滿黎明時分會出現的濃霧，能見度很低，稍微拉開距離就是一片黑暗。

三頭龍解開捲曲的三顆腦袋，保持趴在地上的姿勢進入備戰狀態。敵人尚未現身，但他已經敏感地察覺到對方要動手的動靜。

他本來不會這麼被動，而是會把濃霧連同整個城鎮都一起打散，痛擊主辦者。然而根據遊戲規則，除了指定地點以外，他都被禁止主動出手。

換句話說，只有主辦者能夠率先攻擊。

而主辦者方如果要動手，毫無疑問會選擇這段時間。

因為對夜間視力優良的三頭龍挑起夜戰根本沒有意義。

利用只有在黎明時分出現的這濃霧為掩護來發動奇襲，或許就能占有少許優勢。然而要採用這作戰，必須有能正確傳達阿吉．達卡哈所在地的間諜。

不是只有阿吉．達卡哈這邊的能見度不良，主辦者方也是同樣條件。擔任間諜的人選肯定是「拉普拉斯惡魔」。她們擁有壓倒性的情報收集能力，想必能立刻找到阿吉．達卡哈的位置。

不過既然母體的惡魔處於封印狀態，為了收集情報，必須放出大量能作為眼線的分身體——也就是小惡魔。

一旦察覺到動靜，三頭龍就會用三頭六眼來捕捉並徹底摧毀對方。只要能辦到這一點，狀況就是五五波。應該能讓參賽者方的勝利變得更加確實。

三頭龍讓四肢擺出像野獸般的動作並等待敵人。

霧氣越來越濃，連朝日的光芒都遭到遮蔽。

到了這地步，就連擁有超凡視力的三頭龍也無法看清。憑人類的判別能力，恐怕連建築物和敵人身影都無法分辨吧。

三頭龍用力吸了口氣，可以感覺到濃霧的水分黏在喉嚨裡。如果要發動奇襲，沒有比現在更合適的狀況。

他的三顆腦袋隨時在確認所有方位，蛇類在眼部附近具備熱感應器官——頰窩器官。三頭龍露出獠牙，打算一發現會移動的熱源就要立刻把對方咬成碎片。然而……

突然從出乎意料的方位出現大規模的爆炸攻擊。

「——！」

大量榴彈瞄準三頭龍，從遙遠的上空被一一丟下。這些並不是鐵製砲彈，而是從火龍口中射出的攻擊。附近的尖塔群被這些榴彈炸得粉碎，瓦礫飛向四方。

三頭龍仰望天空，卻無法看清敵人的身影。

他一邊閃躲不斷落下的火焰榴彈，同時狐疑地瞇起眼睛。

（除非正確掌握我的位置，否則很難讓來自上空的奇襲成功。被對方先探知到了嗎？）

到底是用什麼方法？三頭龍在爆焰中不解地歪歪腦袋。

敵人的榴彈命中率相當高，主辦者方在這片濃霧中也瞄準了精準的目標。即使三頭龍有在移動也能直接擊中他或打到附近，就代表目前這瞬間依然有人在負責監視。

三頭龍探查周圍的氣息，沒發現類似的跟蹤者。

——這已經超越了跟蹤技術高超的範疇，很明顯該推測是有追蹤者利用某種恩賜在監視阿吉・達卡哈會是比較妥當的判斷。

（遊戲的主導權被對方搶走了……但也無所謂，方法多得是。）

三頭龍衝過爆炸和散亂的瓦礫。

跳往上空是下策。雖然能打倒幾個投下榴彈的敵人，然而一旦現身，將會受到來自下方的集中砲火。

區區火龍的焰彈即使挨個幾百發也沒問題，不過既然不清楚敵人藏著什麼王牌，只有愚蠢之輩才會在這種狀況下主動現身。

（投下榴彈的敵人是誘餌，頂多是打著要是我願意上當就算是賺到的主意吧。主辦者方的目的是要掌握能推動戰況的主導權。）

而這個目標現在正在順利執行。

濃霧讓主辦者方得以處於更有利的形勢。

原本保持不動企圖反擊的三頭龍在敵方襲擊下只能行動，雖然明白有神祕的監視者在場，卻無法找到對方。

——絕對沒錯，主辦者方有優秀的遊戲掌控者。

那麼首要之務就是擊潰身為敵人要害的掌控者，以及追蹤者。

三頭龍咧嘴笑了，睜大紅玉之眼觀察四周。

毫無疑問，這個追蹤者是利用某種恩賜來緊跟著三頭龍。無法感覺到動靜也沒有發出任何聲音，甚至還可以躲過頰窩器官的熱源探查。就算是在廣闊的箱庭中，擁有如此強大恩賜的人也只要用一隻手就能數完。

三頭龍利用自身被賜予的恩惠，來嘗試看破隱藏者的恩賜。

（敵人的恩賜十中八九是透明化或是透過系。然而不管是哪種，光靠其中之一都無法逃過熱源探查。擁有能夠遮斷音源、遮斷熱源的恩賜，而且還有可能會與我為敵的共同體——）

三頭龍迅速思考，開始考察。

身為人類惡意具體化身的他，也獲得了相當於人類總和的知識量。因為世界上沒有任何技術在被應用時能夠不參雜一丁點惡意。

魔術、錬金術、科學技術等等會隨著歷史改變外貌和名稱的「所有知識技術」，都存在於他的三個腦袋內。

三頭龍就是應用這些被稱為等同於千之魔術的知識量來尋求答案。

完成考察後，他突然停下腳步，對著看不見的追蹤者搭話。

「——嗯，其實也不需要調查。能完全符合條件的恩賜只有一個。是吧，希臘的英傑？」

「嗚……！」

右邊傳來微微的背鳴，看來這恩賜無法連使用者的聲音都完全遮蔽。事先已經監視三個方向的三頭龍張著大嘴笑了。然而他並不是在嘲笑追蹤者的不成熟，反而正好相反。

這個追蹤者待在距離三頭龍僅有五公尺的位置進行監視。

就算身影會被隱藏，但沒想到面對魔王居然還敢如此靠近。膽量實在不小。

三頭龍讓三顆頭和六隻眼睛都一起瞪著聲音來向，像是在挑釁般地轉動脖子發出喀喀聲響。

「怎麼了？不砍下我的首級嗎？憑你擁有的武器——能殺死星靈的鐮形劍或許能有萬分之一的機會。你就是打著這種主意才如此靠近吧？」

阿吉．達卡哈伸長正中央的腦袋，對著追蹤者說話。

身分已經被完全拆穿的追蹤者就像是被蛇盯上的青蛙，連一動也不動。不，是無法動彈。

因為追蹤者使用的恩賜並不是透過系，而是透明化的恩賜。要是在濃霧中行動將帶動周圍氣流，間接告知三頭龍自己的所在位置。

過去春日部耀使用的破解方法，在這個環境中會呈現更明顯的效果。

無法逃走，也沒有出手戰鬥的勇氣，連想要隨自己意思移動也有困難。

這樣的他——「Perseus」的首領，盧奧斯半抓狂地大吼：

「——你們動作太慢了！無名的傢伙還有其他人！」

一聲怒吼後，從瓦礫後方飛竄出三個人影。

注意力放在濃霧和追蹤者上的三頭龍反應稍微慢了一步。

雖然他原本已經大致掌握了城市的結構，但地形因為受到榴彈攻擊而改變，崩落的磚瓦後方成了死角。

火龍們在上空的攻擊並非亂打一通。

是經過計算，要把三頭龍誘導到主力們能夠出面戰鬥的地點。

「三頭龍，受死吧！」

這三人是春日部耀、斐思．雷斯，以及傑克。

他們各自拿著具備銳利刀刃的武器砍向三頭龍。成果是在右手和右腳上造成幾處傷口，讓三頭龍流出鮮血。

「埋伏嗎——耍小聰明！」

三頭龍讓形成他翅膀的龍影如暴風般肆虐。

這景象宛如好幾隻憤怒的龍正在揮動尾巴攻擊。影子形成的利刃像鞭子那般扭曲甩動，建築物光是被掃到就整個飛了出去。

只要被打中一下，他們的身體恐怕就會粉碎。

傑克以短劍和迅速的腳步躲避，斐思·雷斯靠著連蛟魔王都感到佩服的絕技來彈開攻擊。

然而春日部耀不像他們兩人那樣擁有優秀的武器。

只要被三頭龍的攻擊稍微掃到，她應該就會受到致命傷吧。察覺到危機的耀讓「生命目錄」變換成幻獸「馬可西亞斯（Marchosias）」。即使身體能力不如其他人，但「馬可西亞斯」的恩惠會賦予她甚至連空間跳躍那類奇襲都能夠對應的特殊能力。

馬克士威魔王曾經推測「馬可西亞斯」帶來的恩惠是「預測未來」，但這種說法其實有點錯誤。這個恩惠的效果是「針對眼前狀況，顯示出最正確的未來」——換句話說，是能夠針對謎題自動幫忙準備解答的破格恩惠。

就算使用者本身並沒有掌握狀況，並非能「看見未來」而是能「實行期望未來」的這個恩惠還是會直接準備答案。

在無法靠視覺掌握的龍影風暴中，春日部耀看出了能躲避攻擊的路線。

至於無法完全避開的攻擊就靠著護腿彈開。終於逃出射程距離後，耀對著在場的所有人大叫：

「成功讓他流血了！所有人快拉開距離！」

包括盧奧斯在內，大家都散開並脫離現場。

三頭龍立刻準備發動追擊。

然而天空中閃爍的雷光卻阻止了他的動作。

「唔……？」

數道落雷一起貫穿三頭龍，閃電的光熱中傳出微微的痛苦呻吟。身體受到閃光燒灼的三頭龍對襲擊自身的閃電靈格有印象。

「這神雷……難道是帝釋天嗎……！」

但是三頭龍的腦中也閃過疑問，懷疑事到如今那傢伙還有可能出現嗎？畢竟他應該已經充分理解，既然身為神靈，就算是全能神也無法打倒阿吉．達卡哈。因為有無法打倒的理由。

然而帝釋天也是個明知無法打倒最後考驗依舊堅持出手挑戰的大蠢貨。正因為他是那種笨蛋，護法神十二天那些身為抑制力的天軍才會交給他管轄。

（我的血很快就會產生分身體，要讓牠們去確認事實嗎——？）

這時，三頭龍突然回想起春日部耀在撤退時大叫的話。

——「成功讓他流血了！所有人快拉開距離！」

察覺自己落後一步的三頭龍忍不住咂舌。

他並非能無限產生出神靈級的分身體，而是將等同於大陸質量的三頭龍靈格分賜給分身。

雖說即使放出所有分身體也不會影響到戰鬥能力，但代價是會暴露出致命的弱點。

平常的三頭龍應該能立刻察覺到這件事，現在卻因為分心去猶豫該不該確認同樣誕生於惡意膿汁中的神靈——帝釋天是否在場而來不及打出下一著棋。

（如果對方的目的是要我吐出分身體，那麼下個手段肯定是——）

「——全軍，準備殲滅！」

伴隨著清脆鈴聲，一個毅然的說話聲在空中響起。下一瞬間，三頭龍的上空被等同於核熱的榴彈之雨覆蓋。

果然是這招嗎？三頭龍準備對應。

利用奇襲逼迫三頭龍吐出分身體，並在分身體剛誕生時立刻以大規模火力包圍殲滅。

這就是主辦者方採取的作戰計畫。

為了保存主力而建構的打帶跑戰術。

「攻擊————！」

被賦予模擬神格的千隻火龍一起吐出火焰。三頭龍雖然以龍影阻擋，但剛誕生的雙頭龍還沒有餘力抵抗。

正在吞食瓦礫製造出身體的雙頭龍轉眼間就遭到殲滅，一一溶解消失。

如同下雨的榴彈攻擊結束，只剩下無傷的阿吉．達卡哈。

從上空透過拉普子II確認地上狀況後，久遠飛鳥的嘴角忍不住有點抽搐。

「……真讓人難以相信，被打中那麼多次居然還一點傷都沒有。」

「這種程度的怪物性質還在意料之中，那種程度的火焰對拜火教的魔王根本沒有效果。光是能減少分身體就已經是十足的戰果了。」

「戰果！很棒的戰果！飛鳥好厲害！」

躲在飛鳥後面頭髮裡的地精梅爾大聲歡呼。

畢竟也不能把她一個人丟在根據地裡，所以梅爾也被帶來空中堡壘。不過沒想到她居然會吵著要一起參戰。

飛鳥很為難地摸著梅爾安撫她。

「梅爾，我現在很忙，妳要安靜點喔。」

「知道了！保護飛鳥！」

梅爾晃著尖帽子，跳進飛鳥的衣服裡。

飛鳥坐上火龍的背，同時做出下一個指示：

「第一輪作戰成功，請繼續以榴彈威嚇，並等待地上的動靜。」

「了解！」

「吸血鬼化的『Salamandra』同志若能趕上，就能發動更進一步的攻勢。現在要先確實削減敵人戰力！」

火龍們紛紛發出振奮士氣的吼聲。無法理解牠們語言的飛鳥是靠著拉普拉斯的翻譯來把握狀況。

（可是如果情況允許……真希望牠們不需要上場……）

聽說並非所有的火龍都參加吸血鬼化。

雖然有許多志願者，但最後似乎只有年老的火龍和已有孩子的火龍，以及代理首領的曼德拉進行吸血鬼化。

即使如此，邪道依然是邪道。

飛鳥很佩服「Salamandra」的氣魄，但這場戰役就算能以勝利收場，他們的考驗卻不會就此結束。

那麼至少希望這場戰鬥能更順利獲勝……飛鳥低聲祈禱。

＊

——倫敦市，地上。

另一方面，在春日部耀等人這邊。

「嗚啊啊啊啊啊啊！可惡、可惡、可惡，我還以為我死定了啊混帳！我該死的絕對不會再去做這麼危險的事情！」

盧奧斯把具備黑帝斯神格的頭盔甩到地上，雖然嘴裡的發言和表現出來的氣勢都很強硬，但他的膝蓋卻在不斷發抖。不過這也難怪。

這並不是比喻，他剛才真的差點失去生命。

根據三頭龍的心情，就算他立刻被砍下腦袋也是正常的結果。在那種狀況下還能活著回來，只能說是因為這傢伙實在太好運了。

「可惡……！會這樣全都是拉普拉斯的錯！要不是那個小東西一直沒完沒了地嘮叨一些──

『看不見。』『請再靠近一點。』『你是膽小鬼嗎？』

『這樣一來只能去向希臘神群大肆宣傳了，說 Perseus 是個膽小鬼。』

『對對，要做的話還是做得到嘛。』『再來一步。』『還差十公分×十次。』

『再往前走一步你就是英雄！Perseus 的優秀少爺加油啊！』

──之類的甜言蜜語來哄騙我，我哪會碰上那種倒楣事……！」

盧奧斯不甘心地咬牙，但他完全被耍著玩。

傑克望著得意門生的這種樣子，悲傷地嘆了口氣。

「呀呵呵……我原本還以為盧奧斯你終於拿出幹勁了。不過是你自己不好，就是太得意忘形才會被耍。」

「你囉唆什麼！這個田埂南瓜！既然敢講那種話，你自己去試試看啊！」

盧奧斯邊大吼邊把黑帝斯頭盔丟向傑克。

——順便提一下這頂頭盔。

雖然受到如此隨便的對待，但在箱庭內這也是超特級的暗殺用恩賜，擁有其他同系統的恩賜根本無法與之相較的性能。即使做出揮劍之類的單純攻擊動作，也完全不必擔心會被對象察覺。要是同時使用力量大到會影響周圍環境的恩賜就會間接暴露出所在地，但即使扣掉這一點，這東西依然是非常了不起的恩賜。

綜合評估過這些條件後，斐思．雷斯豎起食指提議：

「我明白了，既然盧盧如此堅持那也沒辦法，就由我來使用這個黑帝斯頭盔吧。」

「不愧是女王騎士！很快就能了解狀況！不過別叫我盧盧！」

一會兒要奉承一會兒要生氣，這男人真忙。

斐思．雷斯輕輕點頭，露出有點為難的表情。

「不過那樣一來，盧盧你或許會遭遇危險。因為我等也沒有餘裕能一邊戰鬥一邊保護你，這樣沒關係嗎？」

「……啥？」

「說得也對，畢竟打帶跑是必要的戰術。基本上我還是確定一下好了……盧奧斯你能躲三頭龍剛才那樣的攻擊，一個人逃走嗎？」

盧奧斯的臉上一口氣失去血色。

再怎麼說他都是繼承宙斯血脈的高位存在。

身體能力並不差，但是他幾乎沒有在鍛鍊累積劍術等方面的技術實力。不可能像斐思·雷斯那樣使出絕技來對應先前的三頭龍攻擊。

「……所以，盧盧你打算怎麼做？要繼續擔任追蹤者？還是覺得當襲擊者比較好？」

「……我……我要脫離戰……」

「──要是你敢繼續講下去，我這次真的會跟你斷絕師徒關係並砍下你的腦袋喔。」

傑克的小刀貼到盧奧斯的脖子上。

他的眼裡沒有笑意，現在的傑克說到做到。

看到盧奧斯冒出大量冷汗，就像是已經被逼到懸崖邊緣──春日部耀不發一語地靠了過來。

「……傑克，斐思·雷斯小姐，不要這樣苛求他。雖然盧盧滿嘴抱怨，而且還拿自己被騙當藉口……但他還是很努力。」

耀平靜的意見讓兩人繃起臉。

她說得沒錯，第一輪作戰中最有功勞的人正是盧奧斯，不是別人。

盧奧斯在第一輪作戰裡，自始至終都掌握了三頭龍的位置，並保持不會太近也不會太遠的距離。主辦者方能在沒有任何消耗的情況下取得先機……是他雖然狂鬧彆扭卻依舊擠出勇氣的結果。

和幾個月前與「No Name」對戰那時的盧奧斯相比，是無法想像的行動力。

「基於這些，我想再拜託你一次。要追蹤三頭龍，能充分運用隱者恩賜的盧盧是最確實的人選。萬一讓你之外的人去挑戰這任務卻發生頭盔被破壞的狀況，這個作戰計畫就會出現漏洞，那樣一來只能換成更危險的作戰。」

當然，遲早還是會被三頭龍找出對應辦法吧。

但既然有稍微安全一點的計策，就必須踏實地執行。

這一點連當事者的盧奧斯也很清楚。

他表現出好像吞了黃蓮的複雜表情……然後重重嘆氣，真的非常用力地嘆了一口氣後，再度拿起頭盔。

「……可惡！真混帳！這樣真是不划算，只有一開始協定的報酬根本完全不夠吧！」

「……呀呵呵，那麼，你想要怎麼辦？」

「那還用問，是你們需要我的力量，所以我要求根據戰功追加報酬。如果不能承諾這點……」

「明白了，我會向女王進言。」

聽到斐思・雷斯的提議，傑克和盧奧斯都訝異得瞪大眼睛。身為女王騎士的她，會提到的女王在這個箱庭裡只有一人。

斐思・雷斯按著面具再度點點頭。

「女王『萬聖節女王』是最強的召喚者，沒有那一位召喚不了的東西——盧盧，如果你希望獲得符合戰功的恩賜，那麼我會向女王進言，盡力安排讓你一定會獲得賞賜。靠著那一位的力量——或許能讓『Perseus』有機會能晉升到四位數。」

「真……真的嗎……？」

當然……斐思・雷斯輕輕點頭。盧奧斯的表情出現戲劇性的變化。

他原本含著眼淚以絕望表情瞪著頭盔，現在猶豫和決心卻輪流出現在他的臉上。

幾個月前——「Perseus」因為敗給「No Name」，之後就日趨沒落。當初盧奧斯還能笑著說沒落也是無可奈何的結果，但實際經驗後，才知道那是遠超出他想像的過程。

有人離開組織，有人心懷輕蔑，有人滿心悲傷。看著這些同志是一種讓人難以承受的痛苦。

盧奧斯也經歷過在箱庭出生成長的少年時代，而箱庭的每一個孩子們都抱著相同的願望。

——「仰望自己的旗幟，成為不愧對那面旗幟的同志」。

無論是大樹的精靈、還是火龍、幻獸，還有人類也一樣。

即使是在成長過程中已經扭曲的盧奧斯，過去內心裡也曾經懷抱夢想，希望自己能成為無愧於星座英傑的人物。

只要有女王的恩惠，說不定就能達成那個願望。

「……妳真的會去和女王交涉？」

「當然，我以騎士的榮譽起誓。」

「想必也不會少報戰功吧？」

「…………」

——斐思．雷斯把視線轉開。

「妳為什麼要別開視線啊啊啊啊啊！」

「斐思．雷斯小姐，現在不是戲弄盧盧的時候，加快動作吧。」

「也對，我會進行正當的交涉，所以你趕快出發吧，盧盧。」

「別叫我盧盧！」

盧盧如此大叫。

再度確認過斐思．雷斯的意思後，把怒氣與現場氣氛當成動力的他戴上頭盔。

確定盧奧斯離開現場後，三人各以不同表情露出微笑。

「……呀呵呵，再怎麼說那孩子也有確實成長，這下我就放心了。」

「嗯，當初他來找維拉搭訕時，我本來還想把他大卸八塊……現在回想起來，幸好當初沒有真的動手。」

「原來發生過那種事啊。」

不用說，「Will o' wisp」和「Queen Halloween」保持著友好關係。因為身為萬聖節主角的傑克隸屬於「Will o' wisp」，這也是理所當然的情況吧。

而在這過程中，斐思．雷斯和維拉一定也培養出交情。

記得維拉稱呼她的暱稱是——

「呃……我記得……叫斐斐吧？」

「——嗚……！」

突然聽到這暱稱，斐思．雷斯訝異地往後退了一步。看平常的樣子，真難想像她會做出這種舉動。耀盯著斐思．雷斯，心想有面具擋著實在太可惜了。

看不出表情的斐思．雷斯舉起手放到嘴邊。

「……如果妳打算以後都用那種方式叫我，那麼我稱呼春日部小姐時也會改用『耀耀』，這樣也沒關係嗎？」

「嗯，對不起。」

耀立刻道歉，同時也再度確認到，當事者本人不喜歡的暱稱果然不是什麼好東西。

＊

——空中堡壘，斷崖絕壁。

以逆迴十六夜為首的主力成員們站在空中堡壘的邊緣，從上空觀察戰況。雖然他們成功掌握了主導權，但絕不能掉以輕心。

為了因應最終戰，主力們必須先保存實力。雖然這讓人感到滿心焦躁，但現在還是只能乖乖旁觀。只要像這樣退到旁邊待機，受到遊戲規則保護的他們就不會遭到攻擊。

十六夜俯視受到熱風與爆炸聲肆虐的城市，輕輕咂舌。

「……真是悠哉的打法，再這樣打下去，太陽都要下山了。」

「是沒錯，但也沒有其他更有效率的方法。長期戰是必須的策略，這點十六夜小弟你自己也同意吧？」

「我知道……但，這方法真的有效吧？」

十六夜回過頭詢問在後方待機的蕾蒂西亞。

她靜靜點頭。

「如果金絲雀提過的傳說沒錯，那麼為了打倒阿吉．達卡哈，必須攻擊三處要害。第一個是頭顱，第二個是雙肩，第三個……是心臟。」

十六夜回想起三頭龍的外貌。

他的三顆頭顱都被類似椿柱的東西貫穿，雙肩則被釘上類似螺栓的物體，用來固定旗幟。

「我不知道是誰把旗幟釘上他的雙肩，但頭顱的椿柱是我們在兩百年前施加的封印之一。接下來只要讓那傢伙用出所有分身體，心臟的位置應該就會浮現出來。」

「然而光是這樣，無法讓戰役結束。」

克洛亞．巴隆跟在蕾蒂西亞之後開口。

「對於魔王阿吉．達卡哈來說，分身體只是他擁有的恩賜之一……如果以裝備來比喻，那只不過是鎧甲的一部分。所以就算能成功破壞那種東西，也無法影響他的優勢。為了打倒那個魔王，還有另一個不可或缺的武器。」

「……是什麼？」

所有人的視線集中到克洛亞・巴隆身上。他把圓頂硬禮帽往下壓，咧嘴一笑。

「這還用問嗎？無論哪個時代，唯一能打倒魔王的東西……都是有勇氣的人揮出的一擊啊。」

沒有勇者揮擊的光輝之劍，根本不可能打倒魔王。

十六夜似乎很不以為然地先聳聳肩再搖了搖頭。

「如果真是那樣，能打倒那個三頭蜥蜴的人選不會是我吧？出生至今，我沒印象自己拿出過勇氣這種東西。」

「我想也是。考慮到你的性能，勇氣那類東西是處於完全相反位置的心理素質。如果要說十六夜小弟你有什麼地方比不上『Ouroboros』的『原典候補者』，大概正是這部分吧。」

……十六夜「唔」了一聲，不太高興地皺起眉頭。他並不是想反駁，但被人根據這種抽象的要素來評論優劣也未免太不講理了。

「『原典候補者』嗎……這本來是讓我一直想不透的事情，不過聽了你剛才的發言，這下我總算想通一件事了。」

「哦？那麼十六夜小弟，你意思是你知道『原典候補者』是什麼了嗎？」

「嗯，雖然只是粗略推論，但簡單來說就是那個吧？針對人類與神明之間已經形成圓環狀的誕生先後關係，負責提問『哪邊才是真正原典（Origin）』的代表。這就是那個白髮鬼和我這類『原典候補者』的由來吧？」

先有雞（神）還是先有蛋（人）？

逆迴十六夜推測，為了讓時至今日都無法找到答案的悖論遊戲（Paradox game）能夠得出最後結論，派出來的代表就是他們這些「原典候補者」。

「那些傢伙自稱是『Ouroboros（圓環宇宙論）』，正好顯示出人類和神明目前的關係性。雖然這只是我的猜測，但叫作殿下的白髮鬼應該是神明那邊的原典候補，至於我則是人類的原典候補吧？」

「……嗯，大致上正確。」

「那麼，候補者無論如何都必須打倒最終考驗的理由大概也是基於同樣根據吧？既然要決定起點，當然也得決定終點，這樣才合乎邏輯。所以應該推測我們是為了決定雙方的起源而準備的棋子，並在名為箱庭的棋盤上戰鬥……哎呀，這的的確確是不折不扣的神魔遊戲呢，真希望可以顧慮一下會給人帶來什麼麻煩。」

實在是自私自利的做法……十六夜不屑地哼了一聲。

克洛亞壓著圓頂硬禮帽轉開視線，冒出一點冷汗。

正如金絲雀生前所說，逆迴十六夜已經來到極為接近自身根源的地方。

然而既然他理解到這種程度，必定會產生某個疑問。一旦他把那個疑問說出口，克洛亞就有義務回答，因為這是他和金絲雀最後的契約。看到克洛亞似乎有點尷尬地看著其他方向，十六夜以平常那種沒什麼大不了的語氣開口：

「推論到這邊……我發現有一點連自己也無法弄懂的事情。只有這件事無論我反覆推敲多少次都無法找出理由。不過如果是你……應該可以回答吧，『燕尾服死神』？」

「……你說出來讓我聽聽。」

克洛亞做好心理準備。

為了避免造成克洛亞的負擔，十六夜才會使用這種像是在閒聊的語氣。要是辜負他的體貼心意，會降低身為神靈的格調。

十六夜露出淘氣的的笑容，彷彿只是在詢問遊戲的解答。

「──我為什麼是候補者？」

他以若無其事的態度提出理所當然的疑問。

「…………」

只要仔細思考，就能明白難怪他會這樣問。

因為逆廻十六夜沒有任何值得被召喚來這個諸神箱庭的經歷。

至於春日部耀和久遠飛鳥，倒是可以舉出好幾個理由。追溯兩人的血統，有哪個箱庭內的組織偷偷插手的可能性；或是為了回收「生命目錄」和「威光」這些恩賜所以遭到波及的可能性等等……總之有許多答案。畢竟兩人的根源都和箱庭有關。

然而，逆迴十六夜的家系卻——

「小時候我曾經基於好奇而調查過自己真正的家，結果是沒有任何特殊之處的父親和母親還有弟弟一起平靜生活。嗯，弟弟雖然態度冷淡，不過也有可愛之處啦……至於雙親，就是大學教授和專業主婦這種還算普通的家庭。」

「你講得太謙虛了，你的雙親都是優秀的好人。聽說他們因為事故而過世時，我和金絲雀還曾經一起表示哀悼。」

優秀又善良的雙親，或許可以說是足以成為他人模範。

但……只有這樣，不過是這種程度而已。

在他身上完全找不到逆迴十六夜擁有的龐大恩賜，還有該記載的傳說。

「昨天晚上你有對我這樣說過吧？『逆迴十六夜為什麼會被金絲雀選上』……不過，其實並不是那樣吧？不是金絲雀選了我，而是本來有其他目標，只是到了最後才不得不選擇逆迴十六夜……難道不是這樣嗎？」

只有這種情況才能符合邏輯。

而這的確是正確解答。

十六夜並不知道這件事——在金絲雀病倒入院後，她曾經告訴克洛亞和拉普子。

原本金絲雀和逆迴十六夜之間並沒有任何接點。

雖然她的講法相當拐彎抹角，但換句話說……就是這麼一回事。

「——『只是偶然被選上』，這就是你想說的話吧？」

「沒錯，這是唯一能想到的答案。或者其實有什麼更籠統的世界意志之類的東西存在，然後我是被那種莫名奇妙的東西選上……如果要給這種現象取個名字，那應該就叫作命運（偶然）吧？」

十六夜的語氣彷彿事不關己。

他也不怨恨或許對自己一生造成影響的命運，只是平靜地敘述。

克洛亞．巴隆壓低圓頂硬禮帽擋住表情，以似乎有點過意不去的態度低下頭。

「……抱歉，雖然我無法憑著確證斷言，但你說的肯定沒錯。如果有什麼東西選擇了你，那就是連我等神靈都無法認知關聯的某種存在。不過只有一點我可以保證，只有你——名為逆迴十六夜的這個人類，具備必定會以某種形式來拯救世界的可能性。這點和有無恩賜無關，即使沒有那種龐大的力量，也是因為本身，還有你的靈魂呈現出那種形式，所以逆迴十六夜才會被選上。」

為了挺身抵抗將會毀滅世界的「絕對惡」而誕生的少年。

在各式各樣的時間流中，只有逆迴十六夜能成為拯救世界的契機。或許會是其他名字的男孩，也有可能會是個女孩。

不是神群描繪的英雄，而是由人類歷史選擇，將會拯救人類未來的英雄。

這就是關於他恩賜的一切。

「……哼，原來如此。意思是我的恩賜是因果律的逆轉嗎？並不是靠著拯救過去而獲得的

恩惠，而是因為註定要拯救未來才會獲得祝福。」

「沒錯。我認為正常來說，你應該出生於更久之後的未來。大概是前『No Name』對人類歷史的干涉才導致你的出生時間出現大幅變動。我等原本是想成立新的神群並擁立候補者……但是在干涉行動的某處找到了名為逆廻十六夜的可能性。」

「哦？」十六夜漫不經心地回應。他原本就對自己的出身沒有太大興趣，對十六夜來說，那種事情根本無關緊要。無論背後有什麼隱情，逆廻十六夜和名為金絲雀的女性一起度過的時間都全無虛假。

金絲雀把十六夜當成親生兒子疼愛。

十六夜也把金絲雀當成親生母親，或是當成老師仰慕。

在這份真實前，不管累積什麼事實，都不會構成障礙。即使曾經執行什麼策謀，十六夜也笑著參與過其中吧。

要是當初金絲雀有好好對十六夜說明……或許能避免如此麻煩的事態。

「算了，身世調查就先放一邊去。我來到箱庭真的沒問題嗎？」

「……？意思是？」

「整合先前的情報後，感覺我的使命應該是必須負責拯救人類。」

雖然用「絕對惡」之類的抽象表現來暗示。

但是把那些例子概括出的結論就是……

「——『人類會因為人類而遭遇毀滅』，這就是最終考驗被附加的共通點。像Kali Yuga那樣因為科學技術過激化而造成的滅亡是一種例子，還有像阿吉・達卡哈那樣因為一部分掌權者失控而導致的滅亡，在結果上都是相同。二十世紀也存在著以核武為首的NBCR武器（大規模殺傷武器）。若要成為引發末世論的起爆點，失控的人類惡意具備了足夠的力量。」

和自然災害或隕石撞擊等外在因素造成的末世論相較，兩種末世論的不同之處就是這一點。外在因素帶來的末世在最後能夠依靠神靈和星靈的力量來迴避，然而如果要克服由人類自行毀滅人類的末世，人類就必須以萬物之靈的身分來成功進化到下一階段才行。

克洛亞稍微拉鬆燕尾服的領帶，把視線飄向遠方。

「要作為戰勝惡意的萬物之靈並達成進化。這種事情講起來簡單，實際上困難。打倒『閉鎖世界（敵托邦）』魔王時必須付出的犧牲就遠遠超出想像，甚至到了有好幾成人口全數滅絕的地步。」

十六夜回想起在夢裡見過的情況，忍不住露出苦澀表情。

「……黑死病（珮絲特）大流行造成農奴大量減少，生產力也隨之減少，最後共有八〇〇〇萬人犧牲。因此農奴的社會地位才得以提前上升……不過真是諷刺，有可能毀滅人類的疫病到最後卻改變了人類的未來。」

「沒錯，原本農奴的解放應該會延後到一九〇〇年代初期前後才會發生。結果這些事情妨礙到啟蒙思想和自由主義這類思想的發展，成為助長反烏托邦思想的原因。」

從十四世紀開始，黑死病持續蔓延了一百年以上。

曾為人類最大考驗的黑死病疫情，是為了消除通往「閉鎖世界」的未來，促使萬物之靈能成功進化的絕對必要事件。

（但是如此一來，斑點蘿莉的願望……還有那傢伙的真正仇人就是……）

十六夜的眼裡染上一絲憂愁。

他並不認為造成八〇〇〇萬怨懟的考驗具備絕對的正當性。

然而要是把疫病大流行的事實從時代中抹消，那麼一定會導致魔王「閉鎖世界」復活吧。

「……世事總難盡如人意啊。是說，就算打倒阿吉·達卡哈，發生同樣狀況的可能性不是也很高嗎？」

「這個嘛，會如何呢？沒實際打倒他就無法知道結果。不過我可以告訴你一件事，你直接拯救世界，和打倒阿吉·達卡哈具備相同意義。你或你的親屬將會拯救世界。反過來說，要是沒有打倒阿吉·達卡哈，你原本的世界就會迎向最糟的結局……不過去想這個也沒有用，因為那已經是和你沒有關係的世界了。」

克洛亞·巴隆的發言顯然別有深意，十六夜也很清楚他想說什麼。

十六夜沒有繼續提問，而是把注意力放回眼前的戰鬥。

「實際打倒他之後就能知道結果……嗎？很好，真是簡單明瞭，反正我大部分的疑問都已經解開。」

「那就好。既然能讓你把注意力集中到戰鬥上，那麼我講那些話也算是值得。」

目前地上的戰況還相當順利。雖然還不能掉以輕心，但看起來也有機會能就這樣一鼓作氣地持續進攻。

畢竟戰鬥是一種生物，不一定會由具備力量的那一方獲勝。

如果戰況能在沒有差錯的狀況下持續進展──

「──不，看來事情沒那麼簡單。」

「嗯？是嗎？我覺得大小姐他們做得不錯啊。」

「不是那邊的問題……那個大白痴，現在居然弱到連擋下個小嘍囉惡魔都辦不到嗎？」

克洛亞狠狠咂舌並晃動影子。

隨後，空中堡壘的上空立刻出現裂縫。空間出現的龜裂造成尖銳聲響並響遍周遭，在此待機的主力成員們也把視線都集中到那裡。

克洛亞壓著圓頂硬禮帽露出嚴峻眼神，對著在場的所有主力成員大叫：

「所有人都準備戰鬥！那傢伙──馬克士威要來了！」

空間破裂，粒子之羽飛舞而下。出現一個身上以藍與紅，還有純白裝飾的人影。只需要看一眼，就知道來者何人。

馬克士威魔王才剛現身，立刻把身體往後仰成弓形──

「──GEEEYAAAAAAAaaaaa！」

第三章

齜牙咧嘴地發出彷彿失去語言能力的怪叫聲，然後往堡壘內下降。

包括十六夜在內的主力成員正打算迎擊，卻有個人大叫：

「快……快看！天上……天上有『契約文件』——！」

所有人都倒吸一口氣，這只有兩種意義。

其中之一是新遊戲開始。由於有新的魔王來襲，所以每個人都認為應該是如此。

然而大家都錯了。蓋在「契約文件」羊皮紙上的旗幟，刻著大家很熟悉的印記。

那是「龍角鷲獅子」的旗幟。看清上面記載的內容後，眾人都不禁顫抖。

「恩賜遊戲：『GREEK MYTHS of GRIFFIN』

在此通告，上述遊戲已經被破解。

勝利者：阿吉．達卡哈。

達成條件：奪取寶物。

主辦者方的負責人，莎拉．特爾多雷克請立刻進行授予恩賜的步驟。」

*

這瞬間——

所有的戰鬥行為都遭到強制中斷。

「……咦？」

春日部耀原本正打算跳起，卻感到雙腳彷彿被釘死在大地上，不由得滿心驚愕。這和靈格消失時那種動不了的感覺完全不同。

被無法抵抗的強大力量壓制住的她帶著混亂情緒看向四周，這時才注意到從天而降的羊皮紙。

「『龍角鷲獅子』的文件……該……該不會……」

怎麼可能，太快了！講出這種感想的人是上空的久遠飛鳥和阿爾瑪特亞。

「妳說莎拉的遊戲被破解了……？」

「這……這是什麼驚人的攻略速度！那是由詩人伊索重新建構（Reset）過的遊戲！以難易度來說，稱為三個遊戲中的最難關也不算是言過其實啊……！」

按照十六夜的說法，如果只是單純討論作為謎題的難易度，這個遊戲甚至不比「哈梅爾的吹笛人（The PIED PIPER of HAMELIN）」和蕾蒂西亞的遊戲遜色。結果舉辦後還不到一天，就已經遭到敵人破解。

兩人雖然忘了呼吸也不知道該說什麼，但現在不是做這種事的時候。

同樣搭乘在火龍背上的莎拉．特爾多雷克把視線朝向飛鳥，像是已經做好心理準備。

「……飛鳥，還有阿爾瑪小姐，我要把『龍角鷲獅子』的指揮權委託給兩位，因為我必須以主辦者的身分去見參加者。」

「怎……怎麼可以……」

「沒有必要那樣做。」

純白的巨大身軀衝出濃霧中的城市。明明因為蛟劉的遊戲而承受著超重力，他飛翔的動作卻輕盈得彷彿完全不受影響。

阿吉·達卡哈拍著龍影翅膀急速上升，一轉眼就出現在火龍們面前。看到他手上握著的黃金杖，莎拉徹底感受到敗北滋味，也明白已經毫無懷疑的餘地。

三頭龍是靠著自己的力量來徹底破解莎拉主辦的遊戲「GREEK MYTHS of GRIFFIN」。

在紅玉之眼的強烈注視下雖然讓莎拉忍不住屏住呼吸，但她還是堅強地露出笑容。

「……不愧是傳說中的大魔王，睿智也非同尋常。沒想到居然能這麼快……而且還在沒有違反任何懲罰條例的情況下就被破解，讓我再次體會到自己身為主辦者實在還過於天真。」

在「GREEK MYTHS of GRIFFIN」中，會把玩家導向錯誤答案的要素已經多到不能再多。就算對象是三頭龍，一旦他觸犯三個罰則，應該也有機會成功封印。

在解答時如果猶豫就會演變成持久戰，要是弄錯知識就會遭到封印。

然而三頭龍卻不畏懼任何一個負面要素而勇往直前，最後成功破解。這膽識實在值得驚奇讚嘆。

「哼，妳也沒有必要如此自謙，妳的遊戲在耍小聰明方面非常有一套。讓記載於『契約文件』上的攻略情報經過縮減並顯得很模糊，但相對的卻允許參加者提出錯誤解答，代表此遊戲存在著複數答案。因此我也不得不慎重考察。」

沒錯，這遊戲的答案最多有三種解釋。

第一種解釋是把黃金之魔王「萬聖節女王」的旗幟視為寶物。

第二、第三種解釋則是把「Kerykeion」的黃金杖視為寶物。

最後的目的並不是要強迫參加者三選一，這遊戲的旨趣是希望參加者能一邊受到罰則，同時繼續努力破解遊戲。

「但是把其他遊戲舞台的編年史也牽扯進來就有點過頭了。所以到最後，妳的遊戲讓我也歸納出其他遊戲的解答。」

「嗚……！」

「黃金杖『Kerykeion』是希臘的商業神兼信使之神的象徵。要說在這個舞台裡有哪個地點具備保管這東西的資格，就是一八三〇年的倫敦會議——放在當初承認希臘獨立的地點應該是最符合常規的做法吧。」

一八三〇年的倫敦會議——是指由英國、法國、俄羅斯這三國制定希臘獨立條約的會議。

身為信使之神的赫爾墨斯也負責往來於眾神之間的外交任務。根據這些經歷，三頭龍推測這十之八九是和倫敦會議有關的遊戲。

「可是保管這支黃金杖的地點並非是舉行會議的地方……而是銀行。原本我還以為是自己想太多，但只要考察這個倫敦市的時代背景，就會有其他事實逐一浮現。」

「…………」

「從時鐘塔的風化程度來推測，這個倫敦市的時代毫無疑問是處於時鐘塔建造後的一八六○年到一八九○年之間。在這段期間內和英國的銀行，還有和商業神有某種關聯的歷史……考察到這邊，連嬰兒都知道答案。在英國的維多利亞時代——曾經從一八七三年起爆發出長蕭條（Long Depression）。所以能得到一個解釋，就是這個『Kerykeion』正是為了阻止這狀況而獲賜的寶物。」

三頭龍講到這邊，稍微停頓了一下。

「——然而，這個考察以遊戲構成來說，顯得有些解釋過頭。既然負責重新建構遊戲的人是著名的詩人，自然更不應該如此……你也這樣認為吧？南瓜斷罪人（Executor）。」

待在遙遠地上的傑克不由得身子一震。

三頭龍咧嘴露出笑容，看著他說道：

「所以在這邊，我決定換成從反向觀點來思考。推測擁有世界三大寓言功績的詩人伊索不得不製作出如此拙劣遊戲構成的原因，會不會是因為身為這遊戲舞台主角的『傑克』的真實身分，導致能重製的舞台範圍受到限制呢？」

三頭龍的推論讓主辦者方都感受到彷彿被一陣狂風掃過的衝擊。紅玉之眼裡散發出光芒的魔王指著下方的傑克，露出凶暴的笑容。

「沒錯，這個舞台是開始進入長蕭條狀態的一八七三年，而不是出現『開膛手傑克（Jack The Ripper）』的一八八八年。那麼這只代表一個意義——哼哼，向火龍要求報酬之前，我要先宣布你的解答之一，『Pumpkin The Crown』！」

每個人都直覺感到不妙。

只要有解答和論據，就能夠破解傑克的遊戲。由於三頭龍藉由破解莎拉舉辦的遊戲，讓所有的遊戲都暫時中斷，之後他只要在暫停時間內提出論據，就能夠同時破解兩個遊戲。

不需要像黑兔那樣利用「審判權限」來中斷遊戲。

這個魔王光靠睿智和膽識，就支配了整個遊戲。

（這就是……這就是「人類最終考驗（Last Embryo）」……！）

武力、智慧、膽量……所有方面都從正面壓倒敵人。

身為最古老的魔王，也是最強的弒神者。

魔王以三顆頭的六隻眼睛瞪著傑克——

「傑克，你——並不是『開膛手傑克』！」

——毫不留情地以真實攻擊誕生於英國的怪物。

傑克手上染著血的刀子發出像是玻璃破碎的纖細聲響，整個碎裂。同時全身的傷口也開始流血。

紅色的衣服逐漸被鮮血染成更深的紅色。

原本就身受重傷的傑克完全失去不死性，之前好不容易才止血的傷口又無情地一一裂開。

「嗚……！」

滴答。

他的腹部血流如注，發出根本讓人不敢相信那是血液造成的流水聲；反湧而上的鮮血也從摀住嘴巴的右手邊緣不斷滴落。春日部耀一臉蒼白地大叫：

「傑克！」

「……呀呵呵，沒想到居然到了這種程度……！」

雖然他用盡力氣勉強擠出一個笑容，但已經到了極限。傑克雙膝一軟，倒向自己鮮血形成的血海，連動也不動。可以看到肩膀隨著呼吸起伏所以應該還活著，但也只是時間問題。

三頭龍以無趣表情看著這副光景，隨後把視線放回莎拉．特爾多雷克身上。

「……看那模樣，沒有必要解開剩下的謎題。來進入正題吧，火龍的小丫頭。」

莎拉的臉色很難看。無論原本多麼堅強，看到傑克那種悽慘的狀況後，感到畏縮也是理所當然的反應吧。

然而認為自己這種反應很丟臉的莎拉甩了甩頭，在眼神中注入不屈的鬥志。

即使生命會被奪走，也不能讓對方侮辱自己的尊嚴。

在這種堅強眼神注視下，三頭龍咧嘴露出笑容，似乎打從心底感到愉快。

「哼哼，很有力的眼神。對於妳面對魔王仍舊不屈服的英勇態度，我就給予高度評價吧。」

與魔王對立時的堅毅態度，就是必須做到這樣。

在所有人都屏氣吞聲的緊張狀況下，帶著殘虐笑容的三頭龍提出報酬的要求。

「火龍的英傑，我希望的報酬是……妳的所有靈格！」

下一瞬間，莎拉的龍角碎裂。這次伴隨著的聲響並不是先前那種纖細清脆的聲音。宛如夜裡響起的雷鳴，也彷彿火山噴發的爆音，莎拉的龍角從根部折斷並消失，然後出現在阿吉・達卡哈手上。

事情並沒有就這樣結束。

拿到火龍和獅鷲獸龍角的三頭龍把這兩根角丟向地上。

「這是獎賞。我的分身，吸收龍角並獲得更大的力量吧！」

鋪滿磚石的道路傳出怦咚怦咚的脈動，這聲音甚至響遍整個城市。獲得兩根龍角的磚造雙頭龍成為激烈風暴的化身，發出咆哮，出現在春日部耀等人的面前。

「火龍的龍角和鷲獅子的龍角被……！」

「春日部小姐，快帶著傑克退開！」

斐思・雷斯取出蛇腹劍，獨自跳向雙頭龍。在主力成員之中，她的實力也居於上位。就算是身體能力方面擁有壓倒性差距的十六夜，也會為她的絕技感到讚嘆。

然而磚造雙頭龍卻操縱自己周圍的氣壓，壓縮出肉眼可見的電漿並形成牆壁，彈飛如蛇蠍的劍光。

「嗚……無法擊中……！」

「GEEYAAAAAAaaaaa！」

雙頭龍解放被壓縮的力量，可以看到大氣化為往外擴散的波紋。

原本雙頭龍就具備神靈水準的力量，如今又獲得神格級的恩賜，戰鬥力想必遠遠凌駕一般的雙頭龍。

斐思．雷斯撞上攻擊所有方位的氣壓之壁，並彈飛到空中。

雖然她靠瓦礫作為屏障，但是確認身上傷勢和彼此力量後，不由得冒出冷汗。

（……這是性質對我最不利的敵人。）

若是以巧妙劍術互相競爭的對人戰，斐思．雷斯是最高水準。然而面對擁有巨大身軀與龐大火力的對手，這種表面性的技巧卻不會發揮效果。她心裡產生危機感，明白就算真的砍中對方，或許也無法造成任何傷害。

如果有什麼能力所及之事，大概只能勉強爭取一點時間吧。如此判斷的斐思．雷斯重新舉起劍。

另一方面，失去龍角而倒下的莎拉和飛鳥等人和三頭龍互相對峙。

然而無論是「Salamandra」還是「龍角鷲獅子」的成員，都已經失去先前那種意氣昂揚的霸氣。

作戰計畫受挫，兩個遊戲遭到破解，「階層支配者」之一已經被擊倒。

恐懼神色在主辦者方成員之間逐漸擴散。

三頭龍扭扭脖子發出喀喀聲，嘲笑眼前眾人。

「哼，怎麼了？已經結束了嗎？」

「……嗚……！」

「策謀用盡了嗎？鬥志枯竭了嗎？希望崩潰了嗎？到底是怎樣，英傑們？」

沒有人回應三頭龍的挑釁。看著陷入恐慌狀態的敵人們，三頭龍瞪大眼睛。

「──是嗎，那麼你們就去死吧！」

他咧嘴露出將帶來絕望的獠牙，沒有絲毫猶豫。

第四章

——「煌焰之都」遺跡。

被稱為幻想（Grimm）的男子待在因為昨晚的戰鬥而成了廢墟的「煌焰之都」裡，抱著肚子不斷踩腳狂笑。

咚咚咚！他激動到踩起陣陣煙塵，還發出極為沒品的笑聲。

「太棒了，不愧是閣下！在最完美的時機讓那些作著最天真美夢的傢伙徹底見識到什麼才叫作現實！他還是老樣子，真是個殘酷的傢伙！一旦吃虧，就要連本帶利以三倍奉還！嗯！這傢伙真的是太帥氣啦！」

他攤開一塊以妖狐尾巴製成並擁有千里眼恩惠的布，窺看位於不同方角的遊戲舞台。

滾地狂笑一陣後總算滿足的男子抹去眼角淚水，站直身體。

「這樣才對，這樣才叫作恩賜遊戲，這樣才叫作神魔的遊戲！外界那些傢伙只要碰上難題就會無視自己的不成熟和缺乏能力，大聲嚷著這是才能那是作弊，甚至還忙著宣稱一定有要老千或是試圖強行修改規則和擴大解釋，擺出一副其實自己非常優秀的行徑。可悲的是，連箱庭也慢慢受到這種不入流的小聰明毒害。」

男子以恍惚眼神欣賞三頭龍對遊戲的掌控，用力握緊拳頭。

「但是……閣下不一樣。以力量制服英傑，以謀略陷害賢者，以王威的光輝來擊退勇士！對，沒錯！這就是被允許步上王道的人才能夠辦到的遊戲掌控！閣下，您才是最強的魔王……！」

男子攤開雙手，像天真兒童那般興奮得兩眼放光。

建構恩賜遊戲時，存在著幾個由諸神共同制定的默契事項——也就是「契約書的製作條例」。其中無論如何都必須尊重的條例是「遊戲具備不可侵犯的神性」。意思是如果要舉辦的遊戲借用了既有的遊戲名稱，那麼就不可以實行既有遊戲中已經禁止的行為。

如果要製作原創遊戲，那麼主辦者與參賽者對遊戲規則、獎品等方面的認知就不能有落差。當這些方面出現不一致時，遊戲就不會成立，也無法製作出「契約文件」。因為這根本不是遊戲也不是決鬥，只是卑鄙的詐欺。

所謂的恩賜遊戲，是參加者必須先超越人類才有資格站上起跑線的舞台。

在超越者們竭盡武、智、勇各方面來挑戰的遊戲中，只具備那種小聰明的傢伙根本連站上舞台的資格都不具備。就像是過去曾出現過的賈爾德，最後只會被真正的參賽者淘汰。

「我現在真想大叫『神佛請看清楚吧』！閣下主導的遊戲掌控中充滿了那些傢伙正在逐漸失去的王道。妳不這麼認為嗎，彩里鈴？」

「……是的，老師。」

鈴帶著緊張表情點了點頭。她也是個老練的遊戲掌控者，一眼就能看出主辦者方處於嚴苛狀況。

（殿下……我想殿下應該躲在某個地方，但他打算怎麼做呢？）

一個人無法取勝，然而鈴認為要和主辦者方共同戰鬥也有困難。即使要提議聯手，也需要某種契機。

「話說回來，老師。馬克士威不是要交給那個叫孔明的人對付嗎？結果卻眼睜睜地看著他介入，這樣真不像是老師您的做法……」

「噢，這件事只能說是無可奈何。沒想到那傢伙已經失去理性到了無視孔明的地步……但，沒能阻止他的人也有問題。居然被天使的類似品給擋下，要是以前的孔明，應該不會出這種糗吧。」

男子表現出很掃興的態度。

「馬克士威那邊也是一樣，又不是已經變成完全體了，居然在還是不完全體的狀態下就衝出繭。處男就是容易心急，真是傷腦筋。果然應該早點把那個變態的靈格拔掉換給別人才對。」

實在有夠麻煩……男子沒好氣地咂舌。

「如果不是正規的承受者，『第三種永動機』就派不上用場嗎？馬克士威是類似遠親的存在，我還以為能行得通……結果卻被戀情沖昏頭而失控，看來根本不行。既然要為愛瘋狂，必

須做到乾脆連心愛對象都一起毀滅才有意思。光是能了解到這點，妳的挑釁也還算是有意義。」

面對心情不錯的老師，鈴只是隨口回應。

接著她舉手發問，想趁現在盡量探出一些情報。

「講真的，老師您認為哪邊會勝利呢？」

「哎呀，這問題讓我對妳的評價大幅下降呢。雖然很想叫妳自己思考這種問題，但這次就放過妳吧——嗯，是了。如果正面對決，我認為確實會由閣下獲勝。」

男子收起笑容回答。

鈴端正姿勢擺出要洗耳恭聽的態度，並繼續提問：

「阿吉．達卡哈在兩百年前的戰役中受到第二個封印，身體能力已經劣化。即使這樣，老師還是認為主辦者方無法取勝嗎？」

「嗯，只要有閣下的『阿維斯陀』，基礎能力劣化再多都能補上。那是能以最快速度建構出二元論的相剋型『模擬創星圖（Another Cosmology）』。只要有那個恩賜，無論面對什麼敵人或是何等狀況，閣下的勝率都不會低於百分之五十。」

「我記得那是能直接把敵方性能追加到自己身上的『模擬創星圖』……沒錯吧？」

「對，這恩賜就是即使聚集再多神靈也無法贏過閣下的原因。畢竟只要敵對的神靈越多，閣下就會變得越強。」

大鵬金翅鳥之焰也是被這個恩賜消除。不只敵人的性能，甚至連恩賜也可以如鏡面一般互相抵銷。

反面模仿並吸收敵對者的宇宙論（Cosmology），在有限制的情況下使用。

阿吉・達卡哈之所以被稱為最強之一，有很大一部分是靠這個「模擬創星圖」。

「因此即使是主神等級，也很難戰勝閣下。畢竟包括恩賜在內，表面上的一切性能都會遭到模仿。」

「……講這句話或許會讓老師您生氣，但這是超乎想像的作弊恩賜。這樣一來，應該沒有人能打贏他吧？雖說是為了打倒分身體，但既然敵人越多就會導致三頭龍越強，那麼根本無計可施，也無法建立作戰計畫。要刁難掌控者也該有點限度。」

「不，只有一個種族例外，而且也是弱點。我甚至認為閣下的『模擬創星圖』是為了那個種族創造出的恩賜。」

被稱為幻想的男子笑著豎起食指。

「某個宇宙論，不，這種情況下該說是編年史吧？只有和阿吉・達卡哈本身共有那個編年史的種族即使大量出現，也只有一個會遭到模仿。」

「那就是……人類嗎？」

「沒錯。嗯，畢竟阿吉・達卡哈原本是人類的膿汁。所以只有具備人類血統的人能避開『阿維斯陀』的影響挑戰閣下。同樣是因為這樣，殿下小弟的身體才會使用人類作為基盤。」

根據傳說，阿吉・達卡哈會被在世界終局時現身的「拯救人類未來的英雄」所打倒，這是他的命運。

（這代表主辦者方能正面挑戰阿吉・達卡哈的人選也只有三四個，最好的做法是和那個叫十六夜的人一起聯手……）

……但應該辦不到吧？鈴在內心搖頭。

雖說自己這邊也是有一番苦衷，但敵人大概也沒有傻到會願意笑著原諒他們一行人在「Underwood」和「煌焰之都」掀起的各式紛爭。

若是能如之前所說，發生不得不聯手共同戰鬥的狀況，或是建立起什麼必勝的作戰，或許還可以另當別論——

「話說回來，彩里鈴。另外兩個小朋友在做什麼？」

「啊……是，我有確實把他們綁起來。」

「是嗎是嗎，那這邊也得先下手為強。尤其斑點小姑娘是可能成為我方關鍵王牌的重要棋子。難得有這機會，妳也要好好旁觀學習。」

「學習……？」

學什麼呢？鈴不解地歪了歪腦袋，男子則以詭異的笑容回應。

他俐落站了起來，散發出即使隔著雜訊也能夠看出的狂妄氣勢。

「那還用問？當然是我『行樂家(Storyteller)』連惡鬼羅剎也能迷惑欺騙的華麗勸誘技巧啦。」

＊

——空中堡壘，斷崖絕壁。

看到馬克士威出現在上空後，非戰鬥人員發出慘叫開始逃跑。包括「No Name」的成員在內，這個堡壘裡有許多前來支援的參加者。

他們要是遭到馬克士威的攻擊，根本無力抵抗。

十六夜握緊記載莎拉敗北的「契約文件」，對著克洛亞大叫：

「喂！死神！」

「我明白！既然情況演變至此，不得已只好讓主力分為三組迎擊！」

克洛亞用手指劃出一條線，打開「境界門（Astral Gate）」。

蕾蒂西亞看了看鵬魔王。

「明白！迦陵小姐和我一起去對付三頭龍！」

「也好，妳可別拖累我啊，吸血鬼。」

兩人跳進克洛亞準備的「境界門」。

蛟劉站在斷崖邊，看著下方的春日部耀等人。

「我去地上。既然對手是擁有龍角的雙頭龍，只靠女王騎士和耀小妹大概很難支撐吧。」

「麻煩了，身為神靈的我無法和三頭龍戰鬥。所以——」

「你就和我一起去擊退那個跟蹤狂！走吧，死神！」

十六夜衝向馬克士威降落的方位。

他通過正在重建的都市區域，停在堡壘的大門前。在腦中大略畫出城內的平面圖後，十六夜開始評估馬克士威的目的地是哪裡。

（維拉因為昨晚的疲勞所以沒有參戰，那麼最好推測那傢伙來此的目的就是為了維拉。）

根據腦內的平面圖，維拉休息的貴賓室和馬克士威降落的方角並不一致。但是他在找到人之前，很可能會大肆破壞。

現在沒有空停下來思考，萬一莉莉她們碰上馬克士威，立刻就會喪命。

十六夜才剛做出結論，決定總之先衝向最吵鬧的地點，下一秒卻發現眼前景象變成堡壘內的大廳。

「……這……」

「夠了！別沒頭沒腦地衝出去！你還記得我是為了什麼才留下來嗎？」

面對憤憤不平的克洛亞，十六夜表現出終於想通的反應。

「我忘了。對喔，你可以空間跳躍。」

「……你為什麼會在這種重要的事情上這麼少根筋啊？算了，避難交給我，你去壓制馬克士威吧。」

「那樣是很好，問題是那傢伙在哪裡？」

「我現在送你過去，我也會儘快趕到，你可別亂來。」

十六夜才剛點頭，眼前又換了一片光景。

地點是馬克士威落下的堡壘屋頂，看來他還沒有展開行動。十六夜回想起馬克士威剛才的模樣，明白他的精神應該是出了什麼問題。

（以前碰面時看起來還具備知性，是不是「Ouroboros」那些傢伙對他做了什麼？）

外型方面也和之前那件以紅藍對比色彩來裝飾的外套完全不同，換上了以白色為主體的服裝。背後還長出類似翅膀的東西，不斷有發光的羽毛飄落。

如果要舉例，看起來就像是天使。

「GE……RE……！」

他身上發出嘎吱嘎吱的摩擦聲，很明顯並不正常。

十六夜瞪著落下後都沒打算行動的馬克士威，用力握緊拳頭。

「總之是個壞掉的天使嗎？如果本人不是個跟蹤狂，這景象看起來還挺藝術。不過現在可不是有空理你的狀況……！」

十六夜向下揮拳，朝著整個人趴在地上的馬克士威發動攻擊。他那張端正的臉孔簡簡單單就被打碎，化為塵埃。

雖然有手感，但十六夜憑直覺明白這一擊並沒有造成致命傷。

臉被打碎的馬克士威瞬間再生，瞪著十六夜發出淒厲叫聲。

「GE……RE……WE——WEEEeeeLAAAaaaa！」

「你認錯人了，變態魔王！」

以雙腳站起後，馬克士威露出嘴巴幾乎要整個裂開的猙獰表情，衝向十六夜。十六夜逮住反擊時機揮出拳頭，馬克士威卻利用空間跳躍繞到他背後，抓住十六夜的脖子。

被勒住雖然不痛不癢，但體溫從脖子那邊開始急速下降的狀況引發了十六夜的危機感，因此他動手試圖把馬克士威扯開。

「這混帳……！」

即使十六夜擁有強韌的肉體，體溫被奪走也依然會造成細胞壞死並導致死亡。而且對方還不是直接奪走體溫，而是靠著用冷氣灌滿他口內的做法來奪走熱量。

明明處於失控狀態，手法卻極為高明。

拉開馬克士威的手臂後，十六夜扭動他的關節造成骨折，原本想要就這樣壓制住對方，但馬克士威卻靠著空間跳躍從十六夜的手中消失。

他在已經崩壞的天花板附近飄浮，骨折的手臂和先前一樣發出嘎吱聲然後逐漸復元。

十六夜咳了幾聲，忍不住感嘆這敵人確實很難對付。

（這就是所謂的空間跳躍嗎？沒想到這傢伙這麼麻煩。）

除非有春日部耀那種能預知未來的手段，否則光是攻擊都無法順利擊中。就算好不容易打中，他也能瞬間再生，真是棘手到極點。要打倒這個敵人，應該需要最強大的一擊吧。

十六夜握緊右手再鬆開，確認恢復的程度。

他的右拳在與三頭龍的戰鬥中碎裂，不過靠著獨角獸之角的恩惠，恢復得相當良好。現在應該能承受住十六夜的力量。

（正好可以當作是和三頭龍交手之前的熱身，要是沒有完全治好，根本無法對抗那個魔王。）

他的右臂開始透出些微光芒，這時，突然有新的疑問閃過十六夜的腦中。

（「模擬創星圖」……嗎？既然這玩意在我手裡，表示那個光柱是人類擁有的宇宙論的形式嗎……？）

想到這裡，十六夜放棄思考。碰到疑問就想深入追究是他的壞習慣。

這個力量到底是什麼東西？可以之後再找時間研究。因為對於十六夜來說，那個光柱的存在意義頂多只有「一旦能打中就會贏」的程度而已。

問題是要怎麼做才能打中？十六夜有個計策。

為了實行這計策，無論如何都需要其他人的協助。

但這個敵人可不會給他時間。

馬克士威把身體往後仰，發出尖銳叫聲後開始奪走周圍的熱量。

「WEEEeeeeLAAAAaaaa！」

即使失去理性，他還是持續呼喚維拉的名字。十六夜冒出「乾脆把維拉帶來這裡是不是比較快？」的想法，但現在可不是亂開玩笑的時候。

堡壘中冷得像是來到了寒冷地帶，石造的牆壁上開始出現冰針和冰柱。

而且馬克士威還把奪走的熱量儲存於自身體內。

「喂喂……這傢伙該不會是想要聚集熱量後再自爆吧……？」

冒著冷汗的十六夜擠出笑容。然而這是唯一的答案，活用操縱熱量的恩惠與超再生能力的自爆攻擊（meltdown）。擁有強韌肉體的十六夜或許可以沒事，但空中堡壘很有可能會墜落。那樣一來莉莉等人就有危險。

當十六夜舉起右手準備孤注一擲時，克洛亞從虛空中出現。

「抱歉，讓你久等了！」

「也等太久！避難結束了嗎？」

「當然，倒是你準備好了嗎？」

十六夜舉高右手作為回應，兩人都確定彼此想到同樣的作戰。

全身發出白熱光芒的馬克士威開始連續在兩人周圍進行空間跳躍。雖然他瘋狂般地不斷連續跳躍到了幾乎能留下殘影的地步，但作為保護自身的手段，其實相當合理。再加上已經失去理性，他完全是隨機出現。

不能讓他繼續獲得準備自爆的時間。

克洛亞・巴隆捨棄人類的外殼變回剪影的死神，展現出放蕩低俗的本性，高聲大笑。

「咿哈哈哈！總之沒有時間了！時機是五秒後！要一擊分出勝負！」

剪影覆蓋住滿是瓦礫的房間。

這看起來呈現平面的黑暗正是「境界面」，也是生死之間的門扉。

身為巫毒神群的神靈，站在生與死交錯的永遠的十字路口。

這就是掌管生命和放蕩低俗之愛的神靈「燕尾服死神」保管的「境界門」。

和進行空間跳躍時會受限的維拉和馬克士威不同，他可以在開鎖之後維持這個狀態。能夠持續開啟跳躍時必須用到的門，就等於可以在一個空間內的任意位置召喚出指定的對象。

由於克洛亞曾經讓十六夜看見過去，因此他已經掌握了這個特性。

五秒後馬克士威就會出現在十六夜的正前方。為了準確攻擊，十六夜在腦中計算著時機。就算能在任意的地點出現，但也只是一瞬間。

只要錯失零點一秒，就會被對方避開，攻擊也會失敗。

兩人讓呼吸一致，睜大眼睛。

「前哨戰結束了。消失吧，『馬克士威魔王』——！」

周遭充滿耀眼的極光。

依然持有龐大熱量的馬克士威就像是融化那般，在光柱中逐漸消失。

第五章

突然受到莫名其妙頭痛襲擊的柯碧莉亞按住腦袋。

「——嗚！」

「柯碧莉亞，別分心！敵人來了！」

她猛然抬起頭，接著她騎乘的火龍就被砍下頭顱。

三頭龍已經近在眼前。柯碧莉亞慌忙蹲下，躲開凶爪刮起的疾風。因為莫名其妙的頭痛而感到疑問的她按住額頭，和火龍的屍體一起往下摔落。

（剛剛……似乎有哪個人的意志進入我的腦中……？）

數量驚人的情報，還有不屬於自己的某人記憶介入柯碧莉亞的靈魂。因為這突發事件而動搖的她繼續抓著火龍的韁繩，逐漸遠離戰列。

看到這情況的飛鳥狠狠咬牙後大叫：

「柯碧莉亞妳就這樣離開，去和春日部同學他們會合吧！若是找到機會的話麻煩妳照顧傑克！」

「……真抱歉，我明白了。」

柯碧莉亞邊忍耐頭痛邊擠出聲音回答。

空中戰已經演變成大混戰。

從四面包圍住三頭龍的「Salamandra」火龍和「龍角鷲獅子」幻獸以高速來回飛行，在久遠飛鳥的號令下同時攻擊。

飛鳥舉高破風笛，把所有力量灌注進發言裡。

「全軍，一齊掃射！」

叮鈴，往下揮動的破風笛發出優雅聲響。

火龍的焰彈、怪鳥的毒霧、箭雨從四面八方襲擊三頭龍。承接飛鳥的恩惠而暫時擁有神格的這些攻擊遠遠凌駕於一般武器。

三頭龍用龍影包住自己全身，高速旋轉來彈開攻擊，並化為黑色子彈沿著戰列空檔四處飛舞。

子彈經過旁邊的火龍和幻獸紛紛被斬裂而發出慘叫。

「嘎啊啊啊啊！」

「嗚！又被打倒了……」

「主人，現在不是顧慮周圍的時候！三頭龍要過來了！」

呈現山羊神獸外型的阿爾瑪特亞轉變成鋼鐵護盾，包住飛鳥騎乘的火龍。沒有人能在化為

無敵堡壘的阿爾瑪特亞身上留下傷痕。

但是沒有受到她庇護的人們就是另外一回事。

三頭龍從固若金湯的阿爾瑪特亞身邊通過，伸出利爪削斷附近火龍和希臘怪鳥斯廷法利斯的頭顱。

在防護中聽到死前慘叫的飛鳥滿心衝冠怒火，她開口大叫：

「阿爾瑪！解除防守！」

「不行！請透過拉普子得知狀況，在鐵壁裡做出指示！」

「妳要我自己一個人躲在安全範圍然後發出命令嗎！那根本是膽小鬼的行為！」

「一旦失去妳，戰列會完全崩壞！現在請多忍耐！」

明白外部情勢的阿爾瑪特亞拚命地加強防備，她的聲調中帶著過去從未曾出現過的緊迫情緒。

曼德拉察覺到飛鳥的狀態，把全身力量灌注近血結晶龍角中，奮力大吼：

「火龍退向後方，鬼龍跟著我！」

喔喔喔喔喔喔喔喔喔喔喔喔！

吸血鬼化的龍群發出振奮士氣的吶喊，來回飛舞。

從血結晶冒出火焰並往前飛翔的曼德拉以全力衝進三頭龍正前方，把大劍高舉過頭後用力砍下。

他原本想從右邊的頭部往左下斜砍，但這一劍卻被三頭龍的牙齒咬碎。

「嗚……！」

「匹夫之勇值得讚許，但太過幼稚！」

三頭龍隨意揮動利爪，就像是在驅趕蚊蠅。

曼德拉雖然已經成為鬼龍，但面對三頭龍使出的一擊仍舊脆弱得如同小蟲。他之所以還能成功把上半身稍微往後仰，大概是因為老實埋頭鍛鍊一百年的經歷發揮效果吧。原本應該會把他身體剖成兩半的利爪最後只有掃過手臂，砍飛曼德拉手肘以下的部分。

「嗚……嘎——！」

「曼德拉大人！」

「這混帳東西！」

「鬼龍隊！繼續攻擊！要賭上性命擋下他！」

氣勢提昇的鬼龍們大吼著，只有牠們能勉強對抗三頭龍。其他火龍和幻獸的生命都在三頭龍的暴力威脅下一一被奪走。

同志們的頭顱被利爪斬下，喉嚨被尖牙咬斷。

曼德拉按住被切斷的手臂，把嘴唇咬到出血。

「捨棄血統……把同志當成棄子……都已經做到這樣，卻依然連一刀也無法砍中對方嗎……！」

他擠出滿心的痛恨情緒。曼德拉現在已經把能付出的一切都賭上了，然而光是要暫時擋住對方就已經竭盡全力，實在狼狽。比起出血的疼痛，滿心悔恨的痛苦更讓他幾乎瘋狂。即使如此，身為「階層支配者」的一族，身為秩序的守護者，無論如何他都不能退縮。曼德拉站了起來，就像是在追隨一個個殞命的同志們。

負責保護飛鳥的阿爾瑪特亞只能旁觀眼前光景。

這狀況絕對不能讓飛鳥直接看見，她恐怕會因為動搖或過度激動而失去理智，直接去挑戰三頭龍。

「主人……請妳對自己的職責有所自覺。妳的任務是要賦予同伴們加護，就是因為妳沒有盡到責任，同志們才會一一喪命。要是有空耍任性，就快點做好自己該做的事情！」

「嗚……！」

聽到這番斥責，讓飛鳥不甘心地用力咬牙。

——賭上性命戰鬥，削減性命戰鬥。

「妳的任務就是要毫無慈悲地下達這種命令」，這是飛鳥收到的單方面要求。如果這是出自於對自己的忠誠心和信賴才被分派到的任務，那麼她應該也不會如此不甘心吧。

然而現實卻是另一回事。只是因為久遠飛鳥的命令具備能提昇戰力的效果，只是基於這點理由，其他人就願意聽從陌生的飛鳥命令，並賭上性命戰鬥。

如果說這樣是適才適用或許聽起來挺冠冕堂皇，然而飛鳥還太不成熟也太過溫柔，根本無

法如此冷酷又理性地切割。

拉普子II坐到飛鳥的肩上，要求指示。

「久遠飛鳥，我會幫忙傳達聲音。請做出指示。」

「…………」

「快點做出指示，每拖延一秒就會多死一個人。」

「——嗚！不用妳說我也知道！」

飛鳥抹去眼裡浮出的些許淚水，揮下破風笛。

火龍和幻獸們因為自身被賦予的模擬神格以及代價的劇烈疼痛而發出慘叫。獲得模擬神格的幾百隻火龍和幻獸鞭策著身體，一起對三頭龍放出全力一擊。

三頭龍原本的速度應該能夠避開這些攻擊，然而蛟魔王的遊戲造成的超重力限制仍未解除。

發現無法躲開全部攻擊的三頭龍解開防禦，張開三顆頭的大嘴吐出火焰。

帶有模擬神格的幾百發散彈都被他吐出的炎熱火焰不當一回事地彈開，火焰落地後，化為幾乎讓倫敦分裂的力量洪流。

被打中的地面熔化成液體狀並變成赤紅色，還冒出甚至能干擾視線的灼熱空氣。

既然莎拉的遊戲已經被破解，三頭龍就沒有必要對周遭環境手下留情。面對膽敢與自身為敵的無知眾生，只需拿出被稱為天災的全副力量給予痛擊。

宛如風暴，宛如海嘯，宛如雷雨。

排除一切感情的紅玉之眼平淡地奪走主辦者方的生命。

（……這樣效率太差了。）

三頭龍一邊吐出火焰，同時把視線朝往下方。

和空中部隊相同，地上部隊的戰線也已經崩潰。然而其中還有一名女騎士正在為了抑制住獲得龍角的雙頭龍而持續奮戰。

咧嘴笑著的三頭龍看著那名騎士，露出更猙獰的笑容。

（那傢伙是地上的關鍵嗎？這下就好辦了。）

他舉起右手，劃傷左臂灑下鮮血。

鮮血化為十隻純白雙頭龍，落往地上。既然光是龍角雙頭龍就已經讓他們窮於應付，應該無法阻擋這次追擊吧。

（話雖如此，在遊戲開始前就已經放出了不少靈格，或許該避免繼續流血。）

就算是三頭龍，在兩個模擬創星圖（Another Cosmology）互相衝突時也無法全然不受影響。

在之前的戰鬥中，光是餘波就讓他流出大量鮮血，已經失去等同於數百隻分身體的靈格。

雖然靈格會隨著時間而逐漸恢復，但畢竟才過了一天，能分給分身體的靈格已經所剩無幾。

（擁有翅膀的眷屬會消費較多靈格，但是被這些小嘍囉不斷糾纏也實在太費工夫。）

雖說這些傢伙即使被附加了模擬神格依舊不是三頭龍的對手，但也沒有弱到可以完全無視。無論擁有多少優勢，驕傲自滿都會帶來敗北的可能性。

正當三頭龍為了產生新的分身體而在右手上灌注力量時——他注意到龐大的靈格靠近並停止動作。

「到此為止了，阿吉·達卡哈！」

蕾蒂西亞甩著那頭宛如金絲的美麗長髮，使出龍影襲擊三頭龍。

他原本打算像昨晚那樣隨意對應，但出乎意料的銳利攻擊卻讓三頭龍不由得睜大眼睛。

「唔……？」

三頭龍也使用龍影來對應龍騎士（Dracula）的龍影。

影子形成的利牙化為數千長矛襲擊三頭龍，衝擊的重量和昨晚根本是天差地別。雖然還不至於對三頭龍造成威脅，但對方的靈格確實增大了。

他還來不及解決疑問，鵬魔王也發動攻擊。

「我們會讓他吐出分身體！你們火龍負責解決分身！」

「抱……抱歉，三頭龍就交給妳們了！」

火龍們以過意不去的態度回應鵬魔王的指示。

這天真的判斷讓三頭龍忍不住失笑。

「是我聽錯了嗎……妳們剛剛是說要靠兩個人讓我流血？」

「沒錯，那又如何？我還準備了若有機會就要取下你三顆腦袋的手段。如果是大魔王阿吉・達卡哈的要求，也可以立刻就讓你見識見識喔。」

鵬魔王掩嘴微笑，她手上拿著刻有「混天大聖」旗幟的「契約文件」。

三頭龍收起笑容，紅玉之眼裡綻放出光芒。

「廉價的虛張聲勢可以免了，我已經調查過關於大鵬金翅鳥擁有的『主辦者權限』，也知道那不會成為打倒我的決定性一擊。所以妳才會故意不發動遊戲，擺出還藏有王牌的態度。」

「嗚……！」

明白自己計策已被看穿的鵬魔王漲紅了臉。

然而蕾蒂西亞卻露出無畏的笑容。

「這個嘛，其實也不一定。迦陵小姐是十四五歲時就離開一族的公主，如果你認為她的『主辦者權限』也那麼正統，就盡量那麼認為吧。」

「……哦？」

紅玉之眼的深處在探查蕾蒂西亞發言的真偽。

即使如此，三頭龍的想法還是沒變。他反而認為蕾蒂西亞尚未發動的「主辦者權限」才有什麼機關。

（可以推測是我在無意識中達成了遊戲的舉辦條件，才會造成她的靈格膨脹……那麼真正關鍵並不是大鵬金翅鳥，而是這個吸血鬼的遊戲嗎？）

三頭龍檢討著自己在蕾蒂西亞出現前和出現後的行動。

假設她的遊戲有什麼特殊的舉辦條件，那麼符合的可疑答案包括必須經過一段時間才能舉辦，或是必須針對殺死同伴的對象才能舉辦。

明明條件已經達成卻沒有立刻發動遊戲，大概是有什麼計策吧？那麼三頭龍該採取的行動只有一個。

「好，我就陪妳們玩玩，吸血鬼。我會證明憑妳們這種弱者無法讓我流下任何一滴血！」

「這是我要說的台詞！我們會證明憑我等就可以取下你的腦袋！」

龍影擴散，幾乎將周遭完全覆蓋。

讓光線無法通過的影子形成帷幕，並冒出無數沒有厚度的平面利刃。明白這是同系統恩惠的三頭龍也故意使用同系統的恩惠迎擊。

蕾蒂西亞雖然明白自己放出的力道比不上對方，但是也很清楚不讓三頭龍流血，就無法進行最後作戰的現實。

（我的『主辦者權限』是王牌之一，現在還不能使用……！）

白夜叉委交給她保管的太陽主權——「蛇夫座（Asclepius）」。

以此為媒介，可以從太陽黃道召喚出巨龍。儘管無法像以前那樣加入複雜的遊戲規則，但應該能成為打倒三頭龍時必須的巨大戰力。

蕾蒂西亞一邊連續射出無盡利刃並逼近三頭龍。

鵬魔王在空中飛舞想巧妙沿著破綻縮短距離。雖然她已經明白金翅之焰無法打倒對方，但還是有無論如何都必須挑戰的任務。
兩人的目的並不是只為了讓三頭龍流血。
以金翅之焰和龍影之刃包圍四周後，兩人看看彼此並同時發動攻擊。
（就算無法解決三頭龍——）
（——至少也要破壞他背後的翅膀！）
她們灌注所有靈格，瞄準三頭龍化為翅膀的龍影攻擊。
原本想使用同系統的恩惠來擊退兩人的三頭龍在這時也看穿她們的目的。
「妳們兩個……原來真正的目的是我的翅膀嗎！」
以武力迎擊武力，以智慧對抗智慧。三頭龍身為魔王，總是想擊潰對手的長處。
因此兩人預測到，只要以同系統的恩惠攻擊，三頭龍必定會以龍影之翼迎戰。
只要讓他暫時失去翅膀，地上聚集了許多強大的高手。
她們相信蛟魔王和斐思·雷斯那些武藝高強的同志必定能確實讓三頭龍的心臟暴露於外，所以發動捨身一擊。
「墜落到地上吧，三頭龍——！」
被擁有對龍恩賜的金翅之焰波及，讓蕾蒂西亞的龍影粉碎。然而她的影子不是唯一被擊碎的對象。
三頭龍右翼的龍影也被扯下，失去完整外型。

平衡被破壞的三頭龍訝異地睜大雙眼——接著露出殘酷笑容。

「……沒想到妳們還挺有一套，就以絕望作為獎賞吧。」

什麼？喘得肩膀不斷上下晃動的兩人感到很緊張。將全副戰力都灌注在剛剛那一擊裡的她們已經沒有餘力，一旦遭到反擊，恐怕會輕易喪命。

然而往下掉的三頭龍卻完全無視兩人，而是轉動身子看往其他方向。

魔王在足以吞噬大地的尖牙中聚集起比先前放出的火焰還要強大數十倍的閃熱，而他瞄準的目標是——

「難……難道……！」

「他想擊落空中堡壘嗎——！」

——睜大眼睛看清楚吧，愚蠢的挑戰者們。

這火焰才是魔王阿吉·達卡哈固有的最強大恩惠。

留下能毀滅三分之一世界的傳說的，閃熱系最強一擊。

第六章

——空中城堡，中庭。

城內遭到劇烈震動襲擊。

已經離開堡壘在郊外避難的莉莉和年長組的孩子們彼此相擁，互相支撐著對方。莉莉一邊安慰快要哭出來的年幼獸人，一邊想著參加戰鬥的「No Name」主力們。

「十六夜大人……飛鳥大人……耀大人……！還有黑兔姊姊……！」

他們呼喚著主力們的名字，抱緊身邊的同伴。無論敵人多麼強大，他們還是無所畏懼地挺身對抗，而且一直勝利至今。不管狀況多麼嚴苛，孩子們都相信主力們一定會跟過去一樣獲得勝利。

然而現狀卻惡劣得遠遠超過他們的想像。

在中庭的十六夜和克洛亞察覺發生異變，對看一眼。克洛亞把圓頂硬禮帽往下壓，回想起兩百年前的往事，忍不住寒毛直豎。

「不妙……那傢伙想要決勝負了嗎……？」

「該不會是蜥蜴的『模擬創星圖（Another Cosmology）』吧！」

「不，是那傢伙的另一張王牌！名為『霸者之光輪（Khvarenah）』！是召喚出能成為末世論起爆點的力量，並把力量化為炎熱的恩賜！」

聽到克洛亞的回答，十六夜滿心焦躁地咬牙。

「他居然還有這種王牌……！真的是什麼都有什麼都不奇怪！那隻混帳蜥蜴……！」

「不過這也是最大的機會！那玩意兒和『阿維斯陀』不能同時使用！你現在立刻逃走並尋找適當動手時機，我要盡可能讓多一點人逃走之後再脫離！」

真的來得及嗎？

如果是兩百年前的克洛亞，可以瞬間把整座城都帶走，但是在外界失去靈格的現在，根本不可能搬運大質量的對象。

十六夜雖然只掌握一半狀況，但也明白來自城外的威脅非同小可。他按住右手臂打算衝出去擊退三頭龍，但是克洛亞卻出面阻止。

手被抓住的十六夜以帶有敵意的眼神瞪向克洛亞。

「……快放開我，死神。已經沒有時間避難了吧，我不上還有誰能上？」

「這是我要說的台詞！你不負責打倒他的話，還有誰辦得到？就算真能用你的力量擋下這一擊，也會被下一招殺掉啊！」

「那又怎麼樣！要是沒撐過現在這一瞬，一切就完了吧？我有說錯嗎！」

雙方都為了說服對方而互相大吼，然而彼此也都有絕對不能讓步的理由。當「事到如今只能使出最後手段」的想法剛閃過腦內，拉普子Ⅳ出現在兩人中央，制止他們。

「兩人都到此為止！」

砰！伴隨著輕快聲響，拉普子Ⅳ突然現身。

介入兩人的她指著懸崖宣布：

「最後的作戰馬上就要開始！兩人都前往預定位置！」

「妳這傢伙！明白現在是什麼狀況嗎！我不出面的話，有誰能保護堡壘！」

「她們會負責保護！」

聽到這抱著拚死決心的發言，讓十六夜有點說不出話。

「那女孩……孔明的女兒會保護堡壘。你要收下『這個』，去做最後的準備。」

拉普子Ⅳ挺著小小的身體反駁十六夜。

接著她伸手摸向十六夜的頭，十六夜的身體立刻散發出微微光芒。

低頭看向莫名其妙發光的身體，強忍著怒氣的十六夜一時語塞。

「妳……妳做了什麼……！」

「逆迴十六夜，這是匿名者給你的傳言：『把「Ouroboros」奪走的太陽主權之一還給你，這下暫時算是兩邊扯平——好好幹吧。』」

被「Ouroboros」奪走的太陽主權，歸還這東西的某人。在這種狀況下，只有一個傢伙會做

出這種事情。

身體只有巴掌大的拉普子Ⅳ握住十六夜的手，拚命對他解釋。

「雖然這是出乎意料的發展和救援，但這下為了取勝的所有條件都湊齊了。只要能撐過下一擊，就會出現最初，也是最後的機會。所以請相信你的同伴……相信春日部耀吧。」

＊

看到往下落的三頭龍發出極光，在地上戰鬥的春日部耀不由得屏息顫抖。

「不好……莉莉他們都在城裡……！」

她緊握「生命目錄」，在空中急速飛翔。

之前耀忙著照顧滿身是血的傑克，把他藏在某個隱密處。雖然無法判斷傑克是否還有救，但能做的事情她都做了，接下來只能祈禱。現在必須為了拯救莉莉他們而衝上天空。如果傑克還平安無事，肯定也會這樣做吧。然而三頭龍的另一片翅膀並非完全失去功能，每當耀試圖靠近，就會迅速反擊。

（既然蕾蒂西亞她們已經耗盡力量，那麼能在空中戰鬥的人只剩下我……！只能由我來阻止三頭龍……！）

但是，自己真的能做到嗎？

要是和之前一樣，整個豁出去並讓最強種的力量顯現，或許能有辦法擋下。然而後果是靈格將會消失，縱使上次有爸爸幫忙修好，但也不能否定這次會無法復原的可能性。

況且空中堡壘裡還有十六夜在待機。

那麼自己離開崗位挑戰三頭龍的行為，或許反而會造成整體的危機。

畢竟，即使面對這種狀況，十六夜也總是能笑著打破——

（——不對，不是那樣。把強敵丟給十六夜的結果，不就是昨天的慘敗嗎……！）

無論是什麼樣的困境，都可以交給十六夜。

自己內心的這種依賴心，正是擋在十六夜和自己等人之間的最後隔閡。無論遭遇什麼逆境都交給十六夜處理的結果，就是在無意識的狀態下失去了他的信賴。

所以十六夜才會一個人去賭命，因為他不得不那樣做。

既然是這樣，那麼該改變的人不是十六夜。真正有義務鼓起勇氣改變自己的人——不是其他人，正是春日部耀。

（如果我……如果我無法在這邊賭命戰鬥，就再也無法說十六夜是自己的同志……！）

緊握著「生命目錄」的春日部耀以最快速度飛翔，她擋在空中堡壘和三頭龍之間，模仿自己知識中最高等級的幻獸。

雖然大鵬金翅鳥（Vāhana Garuda）擁有對神、對龍的強力恩賜，但是對三頭龍發揮不了效果。那麼現在自己要在這裡顯現出來的幻獸必須是其他選擇。

聽說阿吉・達卡哈的屬性不是神靈也不是龍種，而是末世論。那麼他準備吐出的攻擊應該是會成為末世起爆點的極光吧。

既然如此，需要的屬性不是對神、對龍，而是有能力對抗末世論的靈格。

在過去以憧憬和羨慕的眼神翻閱書本並獲得的知識中，尋找符合這條件的幻獸。

不，是要創造出最強種！

「『生命目錄』……形狀『原初龍・金星降誕（Quetzalcōātl）』──！」

下一剎那，春日部耀的手掌上出現光輝星辰。

「生命目錄」的靈格不斷膨脹像是沒有極限，並承擔等同於行星的質量。出現了一把以蛇和雞為主要形象的錫杖，而且最前端還有齜牙咧嘴的龍頭。

春日部耀打算導出的靈格，其根源可以回溯到發源於西元前四百年的神群之一。據說這個神靈是第一位把象徵文明與進化的火焰賜給人類的金星化身。

保管起源之火的神靈──羽蛇神「魁札爾科亞特爾」。

如果阿吉・達卡哈的火焰是召喚世界末日的火焰，那麼這個起源之火正是屬性與之相反的恩惠。

三頭龍一邊壓縮嘴裡累積的氣焰，同時瞪大眼睛看著眼前的火焰。

「沒用！區區原初龍無法擋下我這招必殺的『霸者之光輪（Khvarenah）』！」

「我會擋下！我的軌跡才不會輸給你！」

如果人生經歷的軌跡是自身靈格的證明。

那麼現在綻放出星辰等級光輝的這個靈格，正是春日部耀的人生光輝。

她手裡拿著賭上自身一切的神杖，點起起源之火張嘴大喊：

「攻擊————！」

從天上往下擊出的起源之火焰。

彷彿要貫穿天空的末世之氣焰。

衝突讓周圍環境發生戲劇性變化。

黎明時溫度較冷的天空染成一片紅色，散發出紅色熱氣，宛如落日般燃燒。氣溫上升到讓人以為自己來到了火山中心，劇烈的氣壓變化引起四個龍捲風。要是人類居住的城鎮出現這些餘波之一，恐怕就會讓居民立刻全部滅亡吧。

衝突的兩股極光保持均衡，甚至有可能打破世界的互補原理。

然而對抗持續數秒後，力量的天秤明確顯示出兩者的勝敗。

「——嗚……！」

起源之火開始被末世之氣焰壓倒。即使是焦熱地獄（Gehenna）的深淵，也會被閃熱系最強的「霸者之光輪（Khvarenah）」毫不留情地全部燒盡吧。

起源之火能像這樣勉強抗衡已經是一種奇蹟。

春日部耀回過頭，望向空中堡壘。

「No Name」的孩子們應該都還留在那個城裡，除此之外還有許多傷患或是前往避難的家屬。她深深體會到自己身上的責任，試圖振作起來。

不能輸。

不能輸，也不可能會輸……！

春日部耀忍耐著雙手被灼燒的痛苦，拚命應戰。然而這樣並無法改變實力有差距的事實。靠意志彌補的精神論已經用掉了，無法再找出其他加強要素。

即使不甘心，但的確不夠……火力不夠。

火龍們吐的火只是杯水車薪，蕾蒂西亞和蛟魔王身為最後的王牌，只能在旁邊觀戰。能介入這次對決的戰力已經全都耗盡了。

（可惡……可惡可惡可惡……我一個人無法撐住……！）

極光漩渦越來越逼近，悔恨比痛楚更讓耀想哭泣。

即使竭盡所有力量直達極限，依舊看不到勝算。上天的聲音在嘲笑她的限度就到此為止。

無論模仿得多麼精巧，單獨一個人類的力量都不可能贏過神明。如果想改變這個現狀，需要再一個人。

至少再有一個——再多一個人就夠了，一個實力最高等級的強者……！

「……哎呀，我本來以為孔明的女兒或許有機會打贏，果然我還是得出面啊。」

貼著後背傳來的聲音，讓耀的心臟不由自主地猛跳了一下。

她一開始還以為是十六夜，但對方散發出的氣勢和氣味都不同。

感覺起來像是個更年幼的少年——「Ouroboros」的殿下邊嘆氣邊說：

「這次是特別大優待，孔明的女兒。我會出手幫妳，這算是你們欠我一次，以後記得還債。」

白髮金眼的少年在春日部耀的背後笑了。

接著殿下張開雙臂抓住耀的肩膀，全身綻放出太陽光。

「——啟動『化身（Avatāra）』。巡迴十天閃耀吧，『模擬創星圖』……！」

「嗚……！」

春日部耀全身上下都感覺到劇烈的痛楚。同時，力量也以超過光速的速度在她的全身流竄。

生命化成的洪流彷彿和「生命目錄」產生共鳴並不斷流轉，讓春日部耀幾乎快要失去意識。

她能察知到的所有感覺現在全被人以蠻力強行擴大。

她的手中存在著十個各自不同的宇宙。

這是憑人類之身不可能到達的睿智。

也是憑人類之身不可能到達的臂力。

更是憑人類之身不可能到達的星光。

超越既有宇宙法則的力量強行湧入，試圖灌滿少女的身體。這奇蹟的總量讓春日部耀的靈魂幾乎快被壓垮，連平常應該很能強忍痛楚的她都忍不住叫痛，甚至快要落下淚水。

面對全知全能的極致，一個少女根本無法承受。

（好痛……好痛……好痛……可是——！）

——有這個力量，或許 就能保護大家。

感覺到獲勝的可能性後，她的靈魂再度振作起來。即使無法取勝，也為了讓氣焰砲擊的軌道偏離空中堡壘，而把力量灌注到左右。

之後起源之火纏住終末的氣焰並改變軌道，以掠過空中堡壘的路徑到達地平線的另一端，然後爆炸。

空中堡壘被終末氣焰擦過旁邊，造成了大幅度傾斜，但是並沒有失去浮力。

在安心感充滿全身時——可以使人凍結的敵意襲擊春日部耀。

「……妳這傢伙，擋下了我的殺招『霸者之光輪（Khvarenah）』嗎？」

那聲調彷彿來自地獄深處，讓人毛骨悚然。和至今為止都充滿從容的三頭龍語氣有著決定性的差別。

憤怒是來自於受到傷害的自尊。

這也代表春日部耀被三頭龍視為明確的敵人，也被視為障礙。

（……糟了，逃不了。）

不對，是三頭龍不會放過她。即使獵物逃往天地魔界，自身擁有的最強恩惠被擋下，尊嚴受到侮辱的魔王也絕對不會放過對方吧。

春日部耀感覺到冷汗往下滴。

同時，她也對自己的命運做好心理準備。

先前的那種全能感已經消失，大概是因為殿下已經離開了吧。而且能使出的力量也全都掏空擠乾了，當然不可能還有餘力逃走。

三頭龍展開剩下的一邊翅膀，化為無數利刃對耀展開攻擊——空中噴濺出鮮血。

＊

——這時候……

年幼孩童們膽戰心驚的哀嘆哭泣聲傳進傑克的耳裡。

「嗚……！」

劇痛和惡夢喚回了他的意識，身上依舊緩緩地冒出鮮血。

這身體大概已經到極限了吧？想到這點的傑克不由得露出空虛笑容。

回想起來，這種結局算是相當丟臉。明明開戰前有自行宣稱：「我是『開膛手傑克』」，結果卻在開戰後沒多久就被拆穿。

目前只剩下最重要的謎題——「傑克是誰？」尚未被解開，但就算剩下這些，也沒有足以參加戰鬥的靈格。

——沒錯，這個「傑克」毫無疑問是殺害許多人的殺人犯，但他並不是名為「開膛手傑克」的特定個人。

在英國和愛爾蘭那一帶，「ＪＡＣＫ（傑克）」這名字非常普遍，和日本的「某某太郎」一樣都是常見的名字。

所以像「傑克南瓜燈（Jack o' Lantern）」或「開膛手傑克（Jack The Ripper）」裡都有「傑克」就是因為這樣。除此之外，還有其他各式各樣的怪人和殺人狂也被冠上「ＪＡＣＫ（傑克）」這個名字。

因此，尚未解決的不特定犯人會被如此統稱。

身分不明的殺人鬼——「尚未查明的怪人（Jack the monster）」。

（扛起他人的罪孽，背起他人的哀嘆。即使以自身來承受所有在英國內產生卻無處可去的憤怒，依舊會露出笑容的小丑。）

沒錯，這就是「Pumpkin The Crown」的真面目。

過去他曾在能買到一晚愛情的花街，發誓要以南瓜小丑的身分實行永遠的救濟。那裡並不是高級妓院那類有受到確實管理的地方。而是為了生活而販賣肉體，為了快樂而花錢玩弄女人，處於夢境和現實之間的下層區域。

身為連續殺人狂的「開膛手傑克」就是出現在這種地獄的岔路上。

警察雖然拚命搜查卻無法特定出犯人，這是因為——名為「開膛手傑克」的單一個人「原本就不存在」，其實非常單純。換句話說，「開膛手傑克」犯下的殺人案全都是不同人做出的案件。

而且犯人還不是成年男性。由於經濟不安定，為了生活而下海的娼婦也變多，導致許多不被愛的小孩出生。

城鎮的下層區域到處都是被拋棄但想追求母愛的小孩，最後他們的失控引發了這個事件。不是由單一犯人做出的殺人案，而是由不特定的複數罪犯(孩童)所犯下的連續妓女凶殺案。

這就是被稱為「開膛手傑克」卻不存在的怪人的真實身分。

「……嗚……！」

即使到了現在，傑克只要閉上眼睛還是會回想起某些光景。

那些在販賣一夜情的地方——大聲質問「沒有愛就不該出生於世上嗎」的孩子們。

回想起身為教會派出的斷罪人——頂著「彈簧腿傑克(Spring Heeled Jack)」這種怪人名號來處分那些哭叫求饒女性的過往。

把瘋狂全部洗淨後，傑克發誓要扛起他們犯下的所有罪孽。發誓如果哪天出現試圖剝奪孩童未來的人，那麼他下一次必定要為了這些人挺身戰鬥。

而現在——

遙遠上空傳來孩子們不安落淚的哭聲。

（莉莉小姐……還有「No Name」的孩子們……！）

他的身體正在逐漸崩壞，一旦完全瓦解，這個倫敦市也會粉碎消失吧。不過即使會那樣也無所謂。

為了動用最後的手段，傑克緊握「契約文件」。

（……既然已經沒有救了……如果這點微弱生命還能夠做些什麼！）

在能夠想到的邪道中，這也是最惡劣的手段。傑克利用有可能導致累積一百年以上的贖罪行為全都白費的手法，在雙臂上灌注力量。

只要能守護孩子們的未來。

只要能為了這願望殉身，直到最後那一瞬為止！

（那麼我……即使墮落成魔王也無妨——！）

＊

那是彷彿能擊穿萬物的紅色閃光。

逼近春日部耀的凶刃到最後只有掃過她的臉頰，一個雙眼宛如燃燒火焰的人影出現在她身前。

或者那真的是火焰和熱情的化身。

不只服裝，連頭髮和雙眼都帶著熊熊烈火，側臉上帶著讓人誤以為是地獄居民的嚴苛表情。

春日部耀察覺這人正是自己認識的傑克，以顫抖的聲音呼喚他的名字。

「傑……傑克……？」

「……春日部小姐，最後，我有一事想拜託妳。」

最後的請託。

耀明白這並不是比喻，而是真正的最後請求。

她邊發抖邊點了點頭，於是傑克就以一如往常的開朗笑容說道：

「『Will o' wisp』……那些孩子們就麻煩妳了。他們都是有著悲傷過往的孩子，所以請你們親手把他們導向正途。」

「……好，我答應你。」

面對已經做好一切心理準備的笑容，耀以帶著同樣決心的眼神回應。傑克像是總算放心，發出輕快的笑聲。

——呀呵呵呵呵！

發出祈禱所有孩子都能獲得幸福的笑聲後，傑克利用火焰彈簧踩踏大氣跳起。他的身影化為一道紅色閃光，這並不是比喻。

傑克踩踏虛空的速度已經到達現存的最高速度——第六宇宙速度，在阿吉·達卡哈的側腹挖出一道深深的傷口。

「嗚！」

自這場戰鬥開始後，這是三頭龍第一次發出帶有明確痛苦的叫聲。雖然也因為他正在往下掉所以無法徹底避開襲擊，但不只如此。

純粹是因為，傑克的速度很快。

而且斬擊也銳利得讓他無法完全擋下。

「這速度……這斬擊！你這傢伙……踏入魔王的領域了嗎！」

在能想像到的理由中，這是最糟的墮落方式。

雖然沒有時間閱讀「契約文件」因此無法確定，但傑克肯定放入大量讓主辦者無條件處於優勢的規則。詩人以外的人做出這種事將會發生龐大的邏輯錯誤，遊戲本身撐不了幾分鐘就會遭到強制結束。

再加上膨脹的靈格當然會自行崩壞，而且死後還要繼續受到天界的懲罰。身為監護人的聖彼得和女王也不會保持沉默，因為相信傑克會走在正途並替他做出確實保證的兩人都失了面子。天軍大概也已經把傑克列入討伐對象的名單中了。

然而傑克卻不顧這一切，跳起來發動第二擊、第三擊。

「我早已準備好接受神罰！原本就一直走在邪路之上！那麼若是在邪路的盡頭能消滅『絕對惡』，可說是如願以償！」

——「要以惡來討伐巨惡」，傑克的眼神透露出這種意志。

反正天軍不會立刻趕來。那麼最後，讓他經歷過的畜生般人生能增添一點正面色彩，倒也是不錯的結果。

三頭龍在落地前，被傑克砍傷的地方高達兩百處。

每次他都流血並放出分身體，逐漸失去身上的鎧甲。

好不容易著地後，阿吉·達卡哈立刻以單翼來展開全方位的殲滅，但對於現在的傑克來說，這緩慢得如同定格播放。

先前像玻璃一樣粉碎的短劍因為遊戲重新建構而復活且變得強韌，接二連三地砍下三頭龍的身體。

然而另一方面，傑克的生命時鐘也已經確實逼近終點。

「嗚……痛……！」

突然受到彷彿有樁子直接貫穿骨頭的劇烈疼痛襲擊，讓傑克不由得停下腳步，接著趕緊往後跳開像是在逃走。

「還沒結束……拜託再多支撐一下……！」

鮮血不再流出，因為傑克的身體已經化為星辰體（Astral），成為酷似光之粒子的存在。獲得龐大的能量後，接下來只是持續消費。

劇痛全是錯覺。明明是錯覺卻依然對身體造成傷害的原因，是因為傑克本身的精神把痛苦的記憶反映在星辰體上吧。

看到他因為折磨全身的疼痛而痛苦掙扎的模樣，三頭龍抬起三個腦袋發問：

「──『要以惡來討伐巨惡』，這是值得讓你墮入地獄的願望嗎？」

「當然，所以我才會像這樣選擇墮落。無論必須付出何種代價，我都不會後悔。」

傑克抹去嘴邊鮮血，對著魔王大吼。

他明白一切後果，依舊捨棄所有。

捨棄至今為止累積的善行，捨棄累積的信賴，捨棄其他人對自己展露的無數笑容。

即使再也無法被人稱讚為優秀小丑也無所謂，即使人生最後必須以殺人鬼的身分落幕也不要緊，傑克就是抱著這些決心成為魔王。

「……是嗎？」

三頭龍的聲調聽起來像是在仔細思索這番問答，讓人無法確定裡面包含著什麼樣的感情。

他也沒有趁此機會攻擊傑克，只是靜靜地望著對方。
接下來當三頭龍開口時……語氣極為沉靜平穩。
「好吧，那麼我寬恕你。」
「……什麼？」
正準備往前踏的傑克忍不住停下腳步。
看到傑克表現出「你突然說什麼？」的懷疑反應，三頭龍有條不紊地說明：
「身為神明之一，我要寬恕你。如果討伐惡者的人本身為惡，那麼死鬥過後也只會剩下惡的一方……如此一來未免過於欠缺救贖。因此我要以惡神的身分來認同你，認同你走過的軌跡也曾存在著一絲正義，也會保證這把與『絕對惡』為敵的刀刃上散發出的光輝。」
這段神諭雖然沉靜平穩，卻也具備了無上的強大力量。
——「吾身為絕對之惡，因此，正義與你同在。」
跨越吧，吾之屍首上才有絕對正義。
無論過去的人生曾染上多少鮮血，就算已經放棄至今為止的光明。
眼前的惡神仍舊宣稱，願意保證傑克在現在這一瞬間的正義。
「……哈……哈哈……哈哈哈哈哈哈哈哈！是嗎！惡神願意保證我的正義嗎！噢噢，這真是太棒了！毫無疑問，這番話會比世上任何人的保證都更加確實……！」
這是何等豪邁的神諭，何等巨大的器量！

第六章

這就是身負全人類惡意的魔王氣度嗎！

傑克咧嘴露出牙齒發出似乎已經振作的狂笑，那笑聲並不屬於小丑傑克，而是過去他以真正自身活著時的笑聲。

切割不可能獲得寬恕的過去，當作那是和自己無關的他人，一直認定我和「我」並非同一並藉此逃避的傑克到了現在，終於統一了所有的自身。

「現在正是我宣布王號之時！我是魔王『南瓜王冠（Pumpkin The Crown）』！大魔王阿吉．達卡哈的心臟……就由我傑克來收下！」

化為紅色閃光的怪人往前奔馳，以第六宇宙速度這種根本不合理的速度持續衝刺。

三頭龍甩著「絕對惡」的旗幟，以平靜語調宣判死刑：

「啟動『阿維斯陀』。相剋並旋轉吧，『模擬創星圖』……！」

面對化為星辰體的傑克，迎擊的三頭龍同樣也成為星辰體。

兩者在不相上下的戰鬥粉碎對方的身軀，挖開彼此的血肉。雖然傑克再度成為不死，但遊戲的時限已經開始倒數讀秒。

如星光般奔馳的傑克維持同樣速度，化為光之粒子消散逝去。兩者的戰鬥結束後，現場只剩下三頭龍。

傑克的靈格已經徹底消失，連一絲痕跡也不剩。

但是他的軌跡留下了證明——惡神的心臟已經暴露於外。

*

——空中堡壘，斷崖絕壁。

「……傑克。」

十六夜以毫無感情的眼神見證了這場戰鬥中發生的一切。

換算成時間，那是還不到一分鐘的死鬥。傑克在三頭龍身上留下的無數傷痕，毫無疑問正是希望。

然而即使如此……十六夜還是以吐血般地講了一句話：

「你這個……你這個大笨蛋……！」

傑克或許帶著滿足死去，然而十六夜卻要指責他。

並不是要指責他的自我犧牲。而是因為傑克讓至今為止認真培育累積而成的人生一切成果以及財產都化為烏有，十六夜對這點感到憤怒。要是他能撐過這場戰役，那麼傑克和「No Name」應該都能描繪出更多財產和軌跡。

克洛亞抓住十六夜的肩膀，搖了搖頭像是在勸戒他。

「十六夜小弟，我明白你想責備傑克的心情，但現在不是做那種事的時候。」

「……我明白。」

十六夜狠狠咬碎所有苦澀情緒，把視線轉向拉普子Ⅳ。

「執行最後決戰計畫，這次一定要解決那個魔王。」

所有的拉普子把十六夜的發言達給全軍。

在地上擊倒雙頭龍的蛟劉拿出「契約文件」，抬頭望向在黎明中逐漸消失的朦朧月亮。

「……終於來到這一步了嗎？那我也得下定決心才行——降臨吧，月龍！」

隱約散發著光芒的月亮似乎變明顯了。

如果不是眼睛的錯覺，大概會覺得月亮正在變大。

然而那的確不是錯覺，因為發著微光的月亮朝著地面落下。

蛟劉拆下眼罩，解放義眼具備的月之主權——新月。

分處天地的兩顆月亮在海面上搖晃共鳴，一起對著彼此露出獠牙。原本為人型的蛟劉變回原本的海龍之姿，月亮也呼應般地模仿他的姿態。

「覆海大聖」蛟魔王的遊戲是利用月亮的圓缺來產生超重力造成參加者的負荷，還有自身暫時性的星靈化。

內容裡的月亮總是兩兩成一對，就是在表示「覆海大聖」的海面上倒映出的月亮。

而為了讓天地真正分開的必要條件，是指要打碎蛟劉那顆負責扮演海面的義眼。

不過這些考察無須繼續，和月龍化為一體的蛟劉將成為一隻星龍。如此一來，阿吉・達卡哈只要擊敗蛟劉，遊戲就會結束。所以後續全看到底是能打倒對方還是被對方打倒。

另一方面，蕾蒂西亞也發動了之前保留的「主辦者權限」，高舉起太陽主權。她原本以為再也不會用到這份力量，但既然敵人是阿吉．達卡哈，那麼自然沒有理由保留實力。

抬頭仰望天空的蕾蒂西亞調整呼吸，放鬆緊張情緒。

（接下來就是最後的一戰……主子，拜託你了……！）

上面纏繞著一隻蛇，象徵「蛇夫座（Asclepius）」的杖。

蕾蒂西亞舉起杖的同時，太陽升起的地平線上也傳來震撼大氣的咆哮聲。

經驗過「Underwood」之戰的人應該都知道這是什麼。過去以殺害同伴的魔王之姿現身，以許多魔獸破壞和平的吸血鬼之王。

擁有幾乎能遮蓋天空的巨大身體，黃道帶（zodiac）的化身。

黃金之巨龍——蕾蒂西亞．德克雷亞的另一種姿態。

「——GYEEEEEEEEEEYAAAAAAAAAAAAAAAAAAAAAAAAaaaaaaaaaaaaaaaaaaaaEEEEEEEEEEEEYYAAAAAAAAAAAAAAAAAAAAAAAAAAAAAAAaaaaaaaaa！」

現身於黎明地平線的巨龍直線衝向蕾蒂西亞。
吸收她之後，巨龍眼中浮現出意志，瞪著地上的三頭龍。
「哼，月龍和太陽龍……這就是你們的王牌嗎？」
三頭龍擺出一派泰然自若的態度，完全不想隱藏在胸骨中央散發著光芒的心臟。
即使失去一邊翅膀，弱點的心臟也暴露出位置，大魔王的靈魂依舊毫不動搖，反而更加高昂。
能把自己逼到這種地步的人沒有幾個，甚至不到十指之數。
兩百年前對戰過的組織只差一點，但是關鍵的最強戰力卻在連自身都沒有察覺的狀況下，已經失去了人類的因子。
因此前「No Name」和同盟共同體到最後不得不改用「封印」這種形式。
「……真是一場短暫卻又激烈的戰鬥。要決定箱庭的命運，這是比那次更夠格的一戰。」
對方的攻擊能觸及魔王的心臟嗎？
高聲宣揚「絕對惡」並持續戰鬥的無限歲月，到底有沒有意義呢？
一切答案即將揭曉。
「來吧，英傑們。然後跨越吧——吾之屍首上才有正義！」
三頭龍不會等待敵人。既然眼前存在著障礙。
那麼就粉碎障礙！比敵人更快！

有沒有翅膀都沒有差別，三頭龍展開剩下的單邊翅膀，往上跳躍。少了一邊翅膀的他和能夠飛翔的兩隻星龍進行空中戰，哪方具有優勢顯而易見。

正因為如此，三頭龍要從正面粉碎敵人的優勢。

從以前到現在，他一直保持這種戰法。

面對宣稱自身才是真正英傑的挑戰者們，三頭龍持續堅持自己才是他們最後抵達抵達的巨大障礙。

其中也有明知毫無勝算，仍舊為了心愛之人而持續奮戰的人們。

正因為了解這種堪稱為愚蠢的正直，正因為明白這種光輝——所以三頭龍的宗主才會為了人類流淚。

——「拜火教(Zoroastrianism)」中的惡神之母曾經說過。

「世界上沒有比人類更美好的事物。

所以我才會感到悲傷。因為他們的毀滅，是絕對不會改變的事實」。

沒錯，人類會毀滅。

再這樣下去就會毀滅。

無論如何掙扎人類都會毀滅。

儘管「拜火教」的經典主張勸善懲惡，但那只不過是基於神靈觀點寫下的東西。而惡神之母已經跳脫「拜火教」的框架，擁有更強大超越者的觀點，因此能看清人類最後會到達的所有結局。

這就是她哭泣的原因。

正因為她深愛那些彈劾指責自己的人類，才會落下眼淚。

而三頭龍希望能多少為她擦去眼淚，所以他確立了最古老的魔王——名為「人類最終考驗」的存在。

藉著讓人類毀滅的要因明確化並細分化的做法，試圖打造出人類會獲得勝利的未來。

自己背起象徵罪孽最深重的「絕對惡」旗幟，直到世界的終焉為止都不離開。

三頭龍說明完所有的計畫後，握起她的手發誓。

——請讓我也一起承擔您背負的罪孽吧。

而現在，這個契約終於即將結束。

（我不會對結果妥協。身為對人類的最強考驗，我會粉碎你們……！）

身為考驗的代理者，要是手下留情就沒有意義。因此三頭龍會以全力來擊倒挑戰者。

他對著兩隻星龍大吼。

「——GYEEEEEEEEEYAAAAAAAAAAAAAAAAAAAAAA
AAaaaaaaaaaaaaaaaaaaaaEEEEEEEEEEEEYYAAA
AAAAAAAAAAAAAAAAAAAAAAAAAAAAaaaaaaaa！」

三隻超龍震撼天地。從正面接下月龍的衝撞後，三頭龍立刻使出王牌。

「啟動『阿維斯陀』。相剋並旋轉吧，『模擬創星圖』……！」

能夠讓敵人的靈格累加到自己身上。只要有這個力量，數量上的優勢對三頭龍不會發生效果。除非是和三頭龍共有同一宇宙論（Cosmology）的種族，否則無法打破這份力量。

然而，三頭龍立即察覺到異變。

（怎麼回事……只增加了月龍的靈格……？）

蕾蒂西亞的一族「純血吸血鬼」，是在遙遠未來從跳脫可能性匯聚點的時間流中誕生出的種族。也是人類下一世代的萬物之靈一分子。

至於太陽的巨龍，是人類殘留文明的擬人化——飛行於太陽軌道上的衛星之化身。身為最強種同時也是從人類遺產中誕生的巨龍，是一種和人類宇宙論相合的存在。

但是這種小把戲只製造出短短一瞬的破綻。

擁有龐大知識的三頭龍立即察覺這個事實。

「是人類製造出的遺產嗎！那麼只需以『霸者之光輪（Khvarenah）』應戰！」

三頭龍一邊往下掉，同時在口中聚集閃熱。

這一瞬間，他的動作完全停止。

蕾蒂西亞認為這個破綻是大好機會，使出最後的手段。

「『蛇夫座』的恩惠啊……只要一瞬間就好，給我能束縛他的力量……！」

黃金巨龍讓龐大身軀進行超壓縮，化為束縛蛇蠍的鎖鏈纏繞住三頭龍。由於巨龍擁有的超大質量也直接保留在鎖鏈上，就算是三頭龍的行動也不免受限。

「要什麼小聰明……！」

「就是現在！不要顧慮我，快攻擊，黑兔！」

蕾蒂西亞的話聲剛響起，火龍群中就出現強大的神氣。發現那是一開始感覺到的神氣後，三頭龍齜牙咧嘴地低吼：

「帝釋天……不，不對！是『月兔』的殘存者嗎！」

在兩百年前應該已經被自己毀滅的一族，而且對方的手裡握著必勝之矛。

三頭龍對那造型還有印象。

但是這點程度的事情並不會讓他感到訝異。反而因為看到黑兔舉起的必勝之矛，點起了三頭龍的怒火。

（實在愚蠢！事到如今居然拿出宇宙真理（Brahman）的權能！他們難道還不理解「阿維斯陀」的力量嗎！）

印度神群——太陽三幻神掌管的必中必勝之矛。那是諸神控制宇宙的真理，擁有「註定能獲得勝利」之權能，也是「模擬創星圖」之一。

一旦使用那東西，無論「阿維斯陀」的對象是誰，都會自動開始相剋並互相抵銷。

如此一來，兩隻星龍會因為餘波而喪命，已經半毀的倫敦市也會徹底崩壞。到了最後的最後，敵人居然依靠那種東西的做法讓三頭龍滿心憤怒。

發出神氣的神矛和黑兔都迸發出閃電，瞄準目標。

「一族的冤屈全在此報仇雪恨！」

灌注了萬千情緒的長矛瞄準三頭龍的心臟。

愚蠢！三頭龍邊感嘆邊發動「阿維斯塔」——

「————？」

但是「阿維斯塔」沒有反應。

沒錯，三頭龍被長矛的造型所騙，忽略了關鍵性的問題。

皈依佛門的三幻神改名為「梵天」。

而帝釋天和梵天有被視為兩者成對共同信仰的概念。

從梵釋一對的概念中誕生出的這把複製品，當然並不是「模擬創星圖」。而且既然這把長矛具備帝釋天的恩惠，就代表……

（沒錯！這把長矛是我等主神恩惠製造出的東西！這一點代表的意義只有一個！那就是這

把長矛也是具備『拜火教』宇宙論的恩惠！）

兩百年前——為了讓身為神子的黑兔逃走，同志們紛紛抱著遺憾犧牲。

為了過去的痛苦，也為了在今天奮戰殞命的同志們。

黑兔灌注全心全力，投出手中的長矛。

「貫穿吧——『模擬神格・梵釋槍（Brahmaastra Replica）』——！」

必勝之矛發揮出等同於星辰體的速度——第六宇宙速度往前飛翔。從未感受過的戰慄讓阿吉・達卡哈的身體不由得發抖。

長矛一直線飛向他的心臟，還來不及眨眼就會到達吧。

這是無法避免的敗北，他心中湧上一絲這種達觀。

然而三頭龍……最強的魔王卻只靠著王威擊退一切。

「不要小看魔王——小看『絕對惡』！」

他憑著蠻力把能夠和一顆星辰相匹敵的質量和封印給強行扯斷。

蕾蒂西亞發出不成聲的慘叫，如同霧氣般消散，然後恢復人型狠狠撞上地面。

長矛以第六宇宙速度繼續逼近。

阿吉・達卡哈以先前戰鬥中獲得的經驗為基礎，靠自己的力量來強行引發出化為星辰體的恩惠。

——有哪個人能相信呢？

在甚至不到一瞬的短暫時間內，三頭龍居然進化了兩次。

能擊碎星辰的臂力，以及動作能比星光更快的方法。

光靠強大的靈魂，他就引發出兩個遠遠超越人類智慧的恩惠。

如果真的有人能事先預料到這種狀況……

「——嗯，我就知道你能夠躲開。」

那一定是對魔王這種存在抱有欽羨之情，並且深深相信其王威的人，除此之外別無其他可能人選。

終章

幻影城市倫敦化為碎片。以磚石鋪成的道路和尖塔群都消失得無影無蹤，讓每個人都產生錯覺，懷疑至今為止的一切是否全都是夢境。

然而他們流出的鮮血之河和屍體堆成的小山卻明確顯示出這場戰鬥的確是現實。這次的攻防換算成時間，大概將近一小時吧。

巨人族和「Ouroboros」是在昨晚發動攻勢，之後三頭龍復活，馬克士威來襲，然後再度開戰。

已經成了廢墟的「煌焰之都」隔了兩天後再度恢復平靜。就像是經歷過數年的戰爭，這城市的往日面貌已不復見。如果真要舉出什麼比較正面的事情，大概只有失去性命的那些火龍們起碼能長眠於自己故鄉的土地上吧。

（…………）

寂靜來訪，每個人都一動也不動地看著眼前光景。

黑兔先前丟出的長矛深深刺進三頭龍的心臟，還可以看到那把長矛被一個少年，逆廻十六

終章

夜給緊握在手上。

這到底是怎麼一回事？

剛剛那一瞬間的攻防發生了什麼？

三頭龍看著深陷自己心臟的長矛，充滿感慨地重重點頭。

「……嗯。」

他的三顆頭各自望著不同的對象。

貫穿心臟的長矛，滿身是傷的主辦者方，還有握著長矛的逆迴十六夜。

三頭龍瞇起紅玉之眼，露出被擺了一道的笑容，點了點頭。

「……中招了，真沒想到……真沒想到這世界上居然真有那種大蠢蛋會試圖接下以第六宇宙速度飛過來的長矛……！」

那笑容平穩又爽朗得不像是出自於一隻怪物。

沒錯，那是唯一的辦法。

黑兔投出的長矛化為一束光飛向三頭龍的心臟。

然而主辦者方籌劃出的策謀卻被三頭龍放出的霸氣打破。

在這種情況下如果還想逮住三頭龍的破綻攻擊，就只能賭在更不講常理的手法上。

——接下已經發動的神槍，趁著三頭龍暫時鬆懈的那瞬間出手。

講起來簡單，但無論是負責投擲的人還是負責接下的人，賭在這一擊上的決心和勇氣應該都非比尋常。

因為，說不定黑兔這一矛會殺死逆迴十六夜。

然而她卻以完全感覺不出這種擔憂的決心一擊來對應。

十六夜同樣也賭上性命，就像是要回應黑兔。這是無論缺少哪一方的信賴都不可能成功的最精彩奇襲。

「……嗚……」

十六夜狠狠咬牙。

正要倒下的三頭龍這時才突然注意到，貫穿自己心臟的長矛上的那隻手在微微顫抖。隨時都會滅亡的三頭龍握住那隻手，彷彿是要對打倒自己的勇者賜予最後的加護。

「……你不需要感到羞恥，以前不懂的話就在這裡學會吧，這顫抖正是恐懼。」

「不……不是！」

「的確是。還有別忘了，即使因為恐懼而顫抖卻依然踏向前方的腳——那就是勇氣。」

不是……十六夜用力搖頭，宛如在耍賴的小孩。

然而三頭龍沒有聽完他的話，全身冒出火焰最後化為灰燼。

純白的全身，三顆頭，紅玉般的雙眼。讓每一個人都感到畏懼的身影就像是燒到最後的仙女棒，綻放出燦爛光芒後消失。

深紅色布料的「絕對惡」旗幟上面的花紋改變，恢復成作為封印關鍵的原本旗幟——描繪

終章

著象徵自由的少女和山丘的「Arcadia」大聯盟之旗。

下一秒，響起媲美火山爆發的熱烈歡呼聲。

那振奮威武的歡呼聲慢慢傳遍廢都，彷彿在表示並非只有神佛能發出震撼天地的聲音。

有的人是單純為了自己還活著而開心。

有的人是為了同伴還活著而落淚。

有的人是為了哀悼喪命友人而哭泣。

還有人對未來充滿希望，抬頭仰望天空。

在周圍各式各樣的聲音籠罩下，逆廻十六夜來到月龍的背上，流下一滴悔恨的淚水。

「——不是……不是那樣，阿吉．達卡哈……！」

和主辦者方享受勝利滋味的歡呼聲相反，十六夜悔恨地哭泣。

只有知道在那次攻防中發生什麼事的人明白他的眼淚。

載著十六夜的月龍——蛟劉保持見證一切的龍型，以溫柔的語氣說道：

「……即使如此，你還是贏了。現在只能先接受這樣。」

蛟劉靈巧地控制龍鬚，安慰緊握著自由之旗並按住左胸口的十六夜。在此起彼落的雄壯吼聲中，十六夜不斷搖頭，否定這個說法。

在鼎沸不絕的萬人勝利歡呼聲下，只有他明白。知道十六夜為何落淚。

也目睹逆廻十六夜經歷的，完全敗北。

後記

非常感謝您拿起這本唬人的現代風異世界衷心誠意奇幻作品《問題兒童都來自異世界？》。

還有為了出版本書而在驚險萬分的日程裡提供協助的每一位人士，我也要藉此機會表達謝意。真的非常感激！我本來還以為絕對來不及！

那麼，距離第一部完結只剩下一集。下次內容是漫長的聯盟旗篇&阿吉·達卡哈篇的最後總結，為了表現出符合總歸結的氣勢，就來進行一場爽快脫光的露天浴場遊戲吧！

主要舞台是男生浴室！

我真的有在認真思考這種劇情。不過的確很久沒有進浴室了呢……我是說書中人物們，不是指我自己。不，他們在書中沒提到的時間裡當然有好好洗澡啦。

總而言之，下一集是總結劇情。我想應該會在冬季出版，屆時還請各位再次多多關照問題兒童們。

竜ノ湖太郎

Kadokawa Light Novels

為美好的世界獻上爆焰！ 1 待續

Kadokawa Fantastic Novels

作者：暁なつめ　插畫：三嶋くろね

《為美好的世界獻上祝福！》惠惠外傳登場！
揭開紅魔族天才魔法師一日一爆裂的真相！

——在和真與阿克婭轉生到異世界的一年前。住在紅魔之里的紅魔族首屈一指的天才魔法師惠惠為了學習禁忌的「爆裂魔法」，在修練與校園生活之間過著繁忙的每一天。而在她的妹妹米米抓了一隻陌生黑貓回來的那天，村郊的「邪神之墓」封印遭到解除了!?

台灣角川

NT$200/HK$60

Kadokawa Light Novels

我的勇者 1~3 待續

Kadokawa Fantastic Novels

作者：葵せきな　插畫：Nino

雖說人生原本就是要做選擇，
但這次也太難選了吧——！

我是勇者，三上徹，基本上是個小學生。喚醒女神之旅的最初的目的地似乎是「抉擇洞窟」……

「稍微變胖的通路，和稍微變禿的通路，你們要走哪條呢？」「「也太難選了吧！」」異世界還真的是很殘酷呢……

台灣角川

各 **NT$200~220/HK$60~68**

國家圖書館出版品預行編目資料

問題兒童都來自異世界?. 11, 擊出!比星光更快! /
ノ湖太郎作 ; 羅尉揚譯. -- 初版. -- 臺北市 : 臺
灣角川, 2015.07
面 ; 公分
譯自 : 問題児たちが異世界から来るそうですよ?
: 撃て、星の光より速く!
ISBN 978-986-366-603-5(平裝)

861.57 104009805

Kadokawa
Fantastic
Novels

問題兒童都來自異世界？ 11
擊出！比星光更快！

（原著名：問題児たちが異世界から来るそうですよ？撃て、星の光より速く！）

2015年8月6日　初版第1刷發行
2022年3月18日　初版第4刷發行

作　者：竜ノ湖太郎
插　畫：天之有
譯　者：羅尉揚

發行人：岩崎剛人
總編輯：蔡佩芬
副總編輯：朱哲成
設計指導：陳晞叡
印　務：李明修（主任）、張加恩（主任）、張凱棋

發行所：台灣角川股份有限公司
地　址：104台北市中山區松江路223號3樓
電　話：（02）2515-3000
傳　真：（02）2515-0033
網　址：www.kadokawa.com.tw
劃撥帳戶：台灣角川股份有限公司
劃撥帳號：19487412
法律顧問：有澤法律事務所
製　版：尚騰印刷事業有限公司
ISBN：978-986-366-603-5

這……這心跳的感覺
到底是怎麼一回事呢……！
黑兔
逆廻十六夜
貓耳耳機戴在十六夜頭上，
顯得極為適合。

春日部
耀
久遠
飛鳥
黑兔
逆廻
十六夜